level.19

この世のすべてを抱きしめて痛い

十文字 青

イラスト＝白井鋭利

Grimgar of Fantasy and Ash

Presented by Ao jyumonji / Illustration by Eiri shirai

Level. Nineteen

終わらせよう。
終わりにしよう。

ハルヒロは終わりに向かって歩いている。
進む方向にあるのは終わりなのだ。

冠山に近づけば近づくほど、
世界腫が勢力を広げてゆく。
地表は世界腫に
覆い尽くされようとしている。

世界腫には光沢というものが一切ない。
その黒はどこまでも深く底がない。

「平気か」

「……あい」

レンジはよくチビの頭を撫でる。

撫でやすいのはわかるが、撫ですぎだ。

正直、目に余る。

灰と幻想のグリムガル level.19

この世のすべてを抱きしめて痛い

十文字 青

OVERLAP

イラスト／白井鋭利

0104A660. 圧倒的疎外感の中

なぜこんなことになったのだろう。
ハルヒロは迫り来る黒いものを見ていた。
どうしてこうなってしまうのか。
恐ろしくはない。何かもう、ちっとも怖くない。
黒い。
なんで黒いんだろう?
世界腫。
黒い。
黒いかたまり。
黒い。
黒い波。
黒い。
黒。
世界腫とは何なのか。
ハルヒロにはわからない。わかるわけがない。

黒。黒い。世界腫。どこまでも黒い。黒。あれは色なのか。違うのではないか。もしかしたら、色がない、ということなのかもしれない。光沢がない。ただ黒い。世界腫は光を反射しない。だから、黒い。黒く見える。

「何ヘラヘラしてやがる！」

腕を摑《つか》まれた。右腕だった。肘のあたりだ。痛い。

痛いって。

口には出さなかった。ハルヒロはただそう思っただけだ。痛い。痛いよ。痛いだろ、そりゃ。痛くないわけがない。だって、手首が。右手首だけではなく、左手首も、あいつが。フォルガンの、あの男が。隻眼隻腕のタカサギ。やつが、刀で。そうだ。そうだった。やられたのだ。あいつに、手首を。両手首だ。ひどい。実際、ひどいことをする。

刀でやられた。ハルヒロは刺されたのだ。あの男が、刀で。かすり傷ではない。けっこうな傷だ。何しろ、手首を、左右両方の手首を、刺し貫かれた。おかげでもう、力がろくに入らない。

その、傷が。

痛いんだって。

そんなふうに乱暴にされると、傷に響いてしょうがない。

「行くぞッ……！」

だから、引っぱらないで欲しい。痛いから。

痛くてたまらないから。

ハルヒロは言えばいいのかもしれない。ちゃんと言えばいい。どうして言わないのか。

もっとも、言ったところで相手はランタだ。どうせ問答無用だろう。

だけど——何ヘラヘラしてやがる……？

ランタに引きずられながら、ハルヒロはそのことが気になっていた。ヘラヘラ。ヘラヘラして？　自分はヘラヘラしていたのだろうか。

そんなことはないはずだ。いくらなんでも、ヘラヘラするわけがない。この状況でヘラヘラなんかできない。

「ぐひゃぁっ。おひあへっ」

クザクは笑っているけれど。

「にぎひぁっ。ごひょれひょあひょえひゃらほひょっ」

馬鹿笑いしているけれど。

そうはいっても、クザクは何かが可笑《おか》しくて笑っているわけではないだろう。

可笑しいのではない。

違う。

おかしいのだ。

セトラなどはまるで壊れた自動人形みたいに歩き回っている。

全部が、おかしい。

「しっかりしろ、ヴォケッ！」

ランタが顔を近づけてきて怒鳴った。その直後だった。強い衝撃を感じてハルヒロはよろめいた。殴られたらしい。左頬だ。拳で殴られた。

ハルヒロは体勢を崩していた。それでもどうにか持ちこたえている。

わからない。何もかも、ハルヒロにはわからない。なぜ倒れないように踏んばっているのだろう。倒れてはいけない理由でもあるというのか。馬鹿馬鹿しい。そのまま倒れこもうとしたら、またランタに腕を引っ摑まれた。

「おまえなァ……ッ！」

だから、引っぱらないで欲しい。痛いと言っているのがわからないのか。

言っていないか。

そうだ。

ハルヒロはたしかに何も言っていない。

何も言えない。

言いたくないからだ。

意味がない。

言って、どうなるというのか。

どうにもならない。何を言っても変わらない。何も変えられない。ハルヒロには変えようがない。

もう、いい。

それがハルヒロの本音だった。いいんだ。もういいから、おれのことは放っておいて欲しい。言葉にしないとだめなのか。なぜわかってくれないのだろう。ハルヒロはわざわざ言いたくないのだ。言わなくても理解して欲しい。短い付き合いではないし、わかってくれてもよさそうなものだ。

なんでだよ？

なあ？

なんでわからないんだよ？

わかるだろ、普通？

そのくらい、わかれよ？

ああ、そっか。そうだよな。ランタ、おまえは普通じゃないから。良くも悪くも普通じゃないおまえには、わからないのかもな。ランタだし、仕方ないのかもしれない。でも、今回だけはわかってくれないか。

限界なんだよ。

達してるんじゃなくて、限界なんかとっくに超えちゃってるんだよ。

だって、さ。

おかしいだろ？

何もかも、おかしい。

おかしいよな？

そうだろ？

いかれてるよ。

いかれてるんだよ。

こんなの、いかれてる。

ハルヒロは彼女を捜した。すぐに見つかった。当然だ。彼女はいなくなったわけではない。彼女はいる。ゆっくりと首を巡らせて、あたりを見回している。彼女は顎を少し上げていた。下目遣いだった。

どう見ても、彼女だ。

メリイ。

ああ。

メリイなのに。

あれは、メリイだ。

姿形は。

けれども、違う。

彼女がメリイなら、誓ってあんなふうに物を見たりしない。あれはメリイの目つきではない。誓って？　何に誓うのか。誓うに値するものが存在するというのか。わからない。

ハルヒロにはもうわからない。

とにかく、違う。あれは明らかにメリイの仕種《しぐさ》ではない。

メリイなのに。

彼女は、メリイなのに？

それなのに、違う。

違うんだ。

どう考えても、違う。やっぱりメリイじゃない。

ハルヒロはその事実を認めたくなかった。受け容《い》れられないし、耐えられない。しかし、ハルヒロはすでに知っているのだ。知っているからには、知らないふりはできない。

やつが、いたのだ。

メリイの中に、やつが。

不死の王《ノーライフキング》が。

おれだ、とハルヒロは思わずにいられなかった。

「うぁぁぁぁ……」

おれなんだ。

おれのせいだ。

おれが悪い。

何かも、おれが。

「違っ——」

そうじゃない、と思いたい。

違うんだ。

だって、どうしようもなかっただろ？　選択の余地があったか？　なかった。なかった、はずだ。ハルヒロでなくても、きっとああしただろう。だから、違う。ハルヒロは祈るほどに強く、違う、と思う。どうにかして否定したい。おれじゃないんだ、と。違う。断じて違う、と。自分だけが悪いとか、全責任は自分にあるとか、そんなふうには考えなくていい。

そうだよな？

違うよな？

みんな、賛成してくれるよな？

もちろん、ハルヒロはそう思いたいだけだ。ハルヒロもそれはわかっている。わかりすぎるほど、わかっている。おそらく、誰よりもわかっている。

たしかに違うし、違わない。

決断したのだ。ハルヒロが決めた。

あのときハルヒロは、メリイを死なせてやらなかった。これはその結果だ。ハルヒロが下した判断のせいで、やつがメリイの中に入りこんでしまった。やつをメリイの中に入りこませたのは、ハルヒロだ。

こんなことになるとは思ってもみなかった。神ならぬ身のハルヒロに予想できるはずもない。

ただ、ジェシーは警告していた。

『一度死んだおれみたいに、彼女は生き返る』

『代償はあるがな』

『これは普通じゃない』

『人が生き返ったりはしないっていうのが常識だし、実際そのとおりだ』

矛盾している。人は生き返らない。それなのに、メリイは生き返る。変だ。

しかし、ジェシーは嘘《うそ》をついてハルヒロを騙《だま》したわけではない。無理強いしたわけでも決してなかった。

選んだのは、あくまでもハルヒロだ。ハルヒロが決めた。

『……何人か、いるの』

『あれは、何人もいる。たぶん、もともとは全員、別々だった』

メリイがそう言っていた。

すなわち、ジェシーの前にも同じような者たちがいた。

彼ら、彼女らの中に、やつは、不死の王《ノーライフキング》は、入りこんでいたのだ。

言わば、寄生していた。

不死の王《ノーライフキング》は百年以上前に死んだ、とされている。おかしな話だ。死ぬのか。不死の王なのに？　他の生き物と同じように死ぬのなら、それは不死ではない。不死であれば、死ぬことはないはずだ。

そのとおりだった。

実際、不死の王《ノーライフキング》は死んでなどいなかったのだ。

ジェシーやメリイのように命を落とした者たちが、どうやって死の淵《ふち》から蘇《よみがえ》ったのか。

まるで蘇生《そせい》したかのように活動できたのか。

不死の王《ノーライフキング》だ。

彼ら、彼女らの中に、不死の王《ノーライフキング》がいた。

不死の王《ノーライフキング》の力が鍵だったのだ。

「コォーのアホピロォッ！」

ランタに背中を押された。

「いィーかげんにしろマジ走れッ……！　走れっつーの、このドグソヤロォ……ッ！」

転ぶと引っぱり起こされ、つんのめると尻を蹴っ飛ばされた。どうしてランタはこんなことをするのだろう。ハルヒロにはまったく理解不能だった。

なぜランタはあきらめないのか。どういう精神構造の持ち主なのだろう。ランタの頭の中はどうなっているのか。基本的にしつこい男だということは知っていた。妙にあっけらかんとしている部分もあるのに、何かにこだわりだすと止まらない。それにしても限度というものがある。少なくとも、いいかげんにしろとランタに言われる覚えはない。こちらの台詞《せりふ》だ。

結局、根負けした、ということになるのだろうか。

「オイこっちだ！」「パルピロォッ！」「ラァーッ！」「クッソヴォケェ……ッ！」

ランタの声が聞こえると、ハルヒロはその方向めがけて山道《やまみち》を駆けた。いや、山道などではない。黒金連山《くろがねれんざん》の山裾に広がっている樹海の真《ま》っ只中《ただなか》だ。土地自体が傾斜している上に、生い茂る木々の幹や地上根がのたうつように絡み合い、隆起したり落ち窪《くぼ》んだりしている。とてつもなく足場が悪くて、どこに目を向けても黒いもの、世界腫だらけだし、ほとんど直進できない。

こっちでいいのか。そんなことはめったに脳裏をよぎらなかった。息はとっくに上がっている。喉やその奥の肺のあたりが痛い。それ以上に、タカサギにやられた両手首が疼《うず》いて疼いてしょうがない。動脈はたぶん無事だろう。でも、血が止まらない。頭が回らないし、考える余裕などないが、考えるまでもない。

無理だ。どうせ逃げきれっこない。遅かれ早かれ、世界腫の黒い波に追いつかれるか、行く手をふさがれるか。今にきっとそうなる。怖くはなかった。むしろ、ハルヒロはそのときが来るのを待ち望んでいるのかもしれない。終わってくれていい。終わってしまえばいい。そう願っているのなら、立ち止まればいい。黙ってじっとしていればいいのだ。

なぜハルヒロはそうしないのか。

「――ンだ、アレッ……!?」

気がつくと、四、五メートル前方でランタが足を止めていた。振り返って、ハルヒロではない、もっと後ろのほうを見ている。終わるのか。とっさにハルヒロは思った。やっと終わるのか。

ある種の安堵《あんど》とともに振り向くと、真っ黒い、巨大な球形の物体がそそり立っていた。見ようによっては黒い巨木のようでもある。しかし当然、あれは樹木などではない。黒すぎるし、あんなに馬鹿でかい木があれば、とうに気に留めているはずだ。

木ではない。黒い。巨木のような、黒いかたまりだ。

「世界腫……」

　そういえば、ハルヒロたちは世界腫に追われていたはずだ。そのうち絶対につかまると思っていた。それなのに、このとおり無事だ。

　ハルヒロはぼんやりとあたりに視線を巡らせた。この近くに黒いものは見あたらない。今や世界腫の標的はハルヒロたちではない、ということなのか。あるいは、もともと眼中になかったのかもしれない。

「不死の王《ノーライフキング》か」

　ハルヒロは呟《つぶや》いた。

　だから？

　それが何だというのか。

『わたしはこの世界に嫌われている』

　不死の王《ノーライフキング》が言っていた。彼女の顔で言っていた。彼女の声で言っていた。

　ハルヒロは、違う。この世界に嫌われてなどいない。嫌われるに値しない。取るに足らない。いてもいなくてもいい。

　ハルヒロは問題外なのだ。

0106A660. 静かな夜を越えて

痛みは一向に和らぐことがない。

逆に、ありがたい、とハルヒロは思う。

かえってありがとう。

ありがとう！

どこが？

ありがとう？

何がありがたいものか。

痛い。

こんなにも、痛い。

ひたすら痛いだけだ。

ハルヒロは歩いているのか。それとも、止まっているのか。

「ハルくん」

ユメだ。ユメの声がする。何か言っている。ユメは何を言っているのだろう。ユメが何か言っている。それは間違いない。しかし、うまく聞きとれない。聞きとれないくせに、うなずいている。うん、うん、とハルヒロはうなずいている。

うん。
……うん。
なぜ？
ハルヒロはどうしてうなずいているのだろう。何に対してうなずいているのか。
（暗いな）
——と思う。
夜だ。
もう夜なのか。
（……あれ？）
変だな、と感じる。
（前も、夜じゃなかったっけ……？）
前？
前とは？
前——
夜の前。前の夜。
夜は繰り返す。朝と夜は巡る。
だから、前の夜とこの夜は一緒ではない。別の夜だ。

（……そういうことなんだろうな……きっと……）

それにしても、ここはどこなのか。

（……どこ、だっけ）

ハルヒロは考えるともなく考える。

（どこを歩いてたんだっけな、おれたち……）

おれたち。

（ああ……）

そうか。

ハルヒロは腑《ふ》に落ちる。そうだ。ユメの声がした。

（おれ、一人じゃないんだ）

ユメがいるのだ。ハルヒロの隣にはユメがいる。ユメが隣を歩いてくれている。ハルヒロに寄り添っている。気遣ってくれている。

「ハルくん」

「ハルくん？」

「──ハルくん？」

「ハルくん……」

事あるごとにユメが声をかけてくれる。

（おれは……一人じゃない……）
誰かが舌打ちをする。
（ユメじゃないよな……）
違う。ユメは舌打ちなんかしない。
ランタだ。
（むかつく……）
何か気に入らないことがあると、ランタはすぐ舌打ちをする。癖なのだろう。
（やめてくれないかな……）
やめろよ、それ。
でも、いちいちそんなことを言うのは億劫《おっくう》だ。
（まあ……いないよりはいい……）
ユメ。
ランタ。
それから、イツクシマもいる。
あとは、ポッチー。あの狼犬《おおかみいぬ》もいる。
（……ポッチー。いつからいるんだ……？）
最初はいなかった。最初は。——最初？

その最初とは、いつのことなのか。

(気がついたら……いた)

最初とは?

いつ?

ハルヒロはなんとか思いだそうとする。

(……気が、ついたら――)

たとえば、鉄血王国を出たときはどうだっただろう。ポッチーはいたのか。

いなかった。たぶん、いなかったと思う。

(どこかで――そうだ……どこかで会ったんだ。どこだったかな……)

いつ?

どこで?

――どこ、どこ?

ここは?

(……ここは――)

樹海ではない。ここはもう、黒金連山の麓に広がる樹海ではないようだ。樹海のように、地面がやたらと出っぱったり凹《へこ》んだりしていない。ここが樹海なら、こうはいかない。こんなに歩きやすくはないはずだ。

（どこだ、ここ……？）
ハルヒロは頭の中で考えているのだろうか。それとも、声に出して話しているのか。
話す？
ハルヒロは、話している？
誰に？
話す？
一人で？
独り言を言っているのだろうか。
うん。
……うん。
気がつくと、ハルヒロはうなずいている。
「ハルくん？」
ユメの声だ。
うん。
……うん。
答えないといけない。そうだ。反応しないと。
（そう――だよな……）

心配させちゃだめだ、とハルヒロは思う。大丈夫だ。

おれは大丈夫なんだ。

大丈夫なんだ？

おれが大丈夫？

何が大丈夫なんだ？

（ここは、どこなんだ……）

もう夜だ。

結局、それしかハルヒロにはわからない。

「ああァークソッ！　ユメ、ソイツ休ませろ！　どう見ても無理なんだっつーのッ！」

「んにゃ。ハルくん、ここに座ろ。な？」

うん。

……うん。

（おれは、平気だけど――）

歩いていても、座っていても、たとえ寝転んだところで、さして変わらない。それならばいっそ、動いていたほうがいいのではないか。動いて。動く。

動いていたほうが？

何のために？

わからない。ハルヒロにわかることは少ない。とても少ない。

とにかく、ハルヒロは座っているようだ。おそらく座らされた。ユメが介添えして座らせてくれたのだろう。

こうして動かずにいると、地面の中にずぶずぶと沈みこんでゆきそうな気がする。疲れているのかもしれない。きっとそうだ。疲労。重要な概念。ハルヒロは疲れていたのだろう。疲れていないわけがない。ずいぶん疲れているし、痛みもある。痛み。重大な感覚。痛い。ひたすら痛い。

（……手は？　あるのか？　おれの、手……）

右手も左手も、果たしてそこにあるのかどうか。ハルヒロにはどうも感じられない。まだついているのだろうか。とれてしまったのではないか。

（痛い……）

だとしたら、ないことはないはずだ。あるのだろう。まだ手はついている。もし両手がなくなっていたら、痛いわけがない。

痛い。

痛み。

明確な刺激と反応。

そこにある手が、痛い。

「ハルくん、包帯換えるなぁ？」

（うん）

「痛いやろ？　痛いよなあ」

（……うん）

「ちびっと、我慢してなあ」

（わかった）

我慢するよ。

（大丈夫……）

「変じゃねェーか？」

（……何が変なんだよ）

「そうだな」

誰の声だろう。誰と誰が話しているのか。

「ボード野《や》っつーのはアレだろ。よォーするに古戦場なンだよな？」

（……ボード野）

「ああ。そう言われている」

「なんでも昔々、ドワーフの連中が諸王連合の軍勢と戦って、この地でメチャクチャくたばったっつー話じゃねェーか」

ボード野。

黒金連山《くろがねれんざん》とディオーズ山系の間に広がる平原を、古人はそう呼んだ。

(たしか……——)

平原といっても、魔神によって刻まれた爪痕のような細い谷がそこらじゅうに、何百、何千とある。しかし、灌木《かんぼく》や草が茫々《ぼうぼう》だったりしてあまり目立たないから、うっかりすると転落してしまいかねない。

昼間のボード野は一見、何の変哲もない平らな草っ原でしかないのだが、実はなかなかの危険地帯だ。

そして、夜のボード野は、仄《ほの》かな月明かりや微《かす》かな星明かりの下でさえはっきりわかるほど、よりいっそう危ない。

「——虫よりか動く死者どものほうが多いくらいだとか、聞いたりしたモンだケドな。大袈裟なのかもしンねェーケド」

「まあな」

「とにかくよォ、例のアレだ、〝不死の王の呪い《ノーライフキング》〟——」

「ああ」

「アレのせいで、日が落ちりゃァー死人《しびと》どもがウロツキまくってやがる土地なンじゃねェーのかよ。ぜんッぜん見あたりやがらねェーのは、どォーいうワケなんだ……?」

（ボード野――）

そうか、とハルヒロは思う。

ここは樹海ではない。ボード野なのだ。

「別名〝死者の領域《デッドマンズフィールド》〟――」

ランタが洟《はな》を啜《すす》って言う。

「それなりにヤベェー場所だと思ってたし、オレ的に覚悟はしてたンだがな」

「明るいうちは……」

イツクシマはどうやら火を焚《た》こうとしているようだ。

「死者たちは無数にある谷の底に身を潜めて、暗くなると這《は》いだしてくる」

「谷かァ。そのヘンにもあるよな」

「ああ。見てきたらどうだ」

「……オレをハメようとしてねェーか？」

「怖《お》じ気《け》づくのは悪いことじゃない」

「誰が怖じ気づいてンだ。このオレ様に怖いモノなんて一個もねェーんだっつーの」

「そうか」

「怖いワケねェーし。オォー。そォーだな。ウン。ちょっくら、アレだ。ションベンしがてら、見てくっかなァ。チラッとな……」

「気をつけろよ」

「ヘッ。気をつけるまでもねェーよ。何せオレ様は無敵だからな」

「死者はともかく、谷に落ちたら上がるのは骨だ」

「オレじゃなきゃァ、だろ？　知らねェーのか？　オレは羽が生えてるみてェーに飛べる男だぜ？」

「そいつは便利だな」

「あしらうなよ、オッサンが……」

ランタが「オイ」とユメに声をかける。

「オレァ、サクッとションベン行ってくっからよ」

「おしっこ行くのに、いちいちユメにゆわなくてもいいしなあ」

「いいじゃねェーかよべつに。パルピロのアホヤロォ、見ててやってくれ」

「ゆわれんくたってユメ、ちゃあんと見てるもん。ハルくん、アホじゃないしなあ」

「怒ンなよ」

「怒ってないもん」

「怒ってンだろ。心を広く持てよ。大空を羽ばたかせろっつーの」

「ランタはうちゃうちゃうるさいねん」

「このオレ様まで静かになっちまったらどうする？　本格的に世も末だぜ？」

ランタはどこかへ歩いてゆく。どこへ行くのだろう。小用か何かだろうか。そういったことを言っていたような気もする。

「――ハルくん?」

ユメがハルヒロの背中に手をあてがった。

「泣いてるん?」

ハルヒロは首を振った。縦に振ってうなずいているのか、それとも横に振って否定しているのか、自分でもよくわからない。ハルヒロはうまく息ができず、喘《あえ》ぐように呼吸をした。まるで溺れているかのようだ。溺れかけている。ここはボード野で、言うまでもなく陸の上なのに。肺がひきつけを起こしている。目の周りが熱い。鼻の奥のほうも。

(……ごめん)

今、口を開けたら、妙なことになりそうだ。ハルヒロは何も口に出してはいない。言葉を発してはいないはずだ。

「謝らないで」

それなのに、ユメは何度もそう繰り返しながらハルヒロの背中を撫《な》でた。

「なあ、ハルくん。謝らなくていいんやからなあ。ハルくんが謝ることなんか、何っっにもないねやんかあ。そやからなあ? 謝らないで。泣いてもいいからなあ。いっぱい、いぃぃぃーっぱい泣いたらいいと思うけど、謝らないでなあ」

涙を流しているという自覚はなかった。しゃくり上げているのは誰なのか。たぶんハルヒロなのだろう。それでいて、自分が泣いているとは思えない。泣く理由がいったいどこにあるのか。悲しくはなかった。憤りのようなものも湧いてこない。絶望しているのか。していないとは言えない。かといって、希望がないわけでもない。ユメがいて、ランタがいる。二人だけはどうか離れずにいて欲しい。自分は邪魔だとハルヒロは感じていた。ハルヒロは余計者だ。ランタがいて、ユメがいて、イツクシマとポッチーがいれば、それでいい。ハルヒロはいなくていい。ここにハルヒロの居場所はない。

いつの間にかハルヒロは横になっていた。何かがしっかりとハルヒロの頭を支えてくれている。それはあたたかかった。ぬくもりがある。ユメだった。ハルヒロはユメの膝枕で寝ていた。

（……いいのかな）

ぼんやりと思う。悪いな、と。なんだか、ランタに悪い。どこかへ行って、まだ帰ってきていないようだが、戻ってきたら激怒しそうだ。

（これ、やめたほうがいいんじゃ……）

けれども、ハルヒロはそう考えるだけで、言いだすことはできなかった。とても言えたものではない。

正直、ハルヒロは助かっていた。ものすごくユメに助けられている。

ハルヒロの頬はユメの太腿《ふともも》に接触していた。というよりも、ハルヒロはユメの腿に顔を押しつけていた。もっと言うなら、埋《うず》めていた。ユメを直接的に感じることで、自分が何らかのしっかりしたものに繋《つな》がっているという感覚が明確にあった。今のハルヒロにはその感覚がどうしても必要だった。

べつに、必ずユメでなければいけない、ということはないのかもしれない。しかし、ハルヒロのそばにいるのはユメだった。ユメだけだった。

ユメでよかった。

ハルヒロにはユメという存在を適切に表現できる自信がない。ユメはハルヒロの仲間だし、友だちだ。でも、単なる仲間では絶対にない。ただの友だちでもない。仲間、友だち。それではとても足りない。

「なァーンも見えねェーし！　暗くッてよォ……！」

ランタがどこかでわめいている。

「あたりまえやんかあ。めっさ夜なんやからなあ」

ユメが子供をあやすようにハルヒロをさすりながら、ちょっとだけ笑う。笑ってはいるけれど、ユメは涙声になっている。

ハルヒロたちがなくしたものは大きすぎた。

あまりにもたくさんのものを失った。

すべてをなくしたとも思えるほど失いすぎて、ハルヒロたちは壊れかけているのに、この夜は静かだった。

静かすぎるくらい、静かだった。

知らぬ間にハルヒロは瞳を閉じていたようだ。おそらく目をつぶっているのだろう。イツクシマが焚き火をしているはずだ。それなのに、火らしき明かりが見えない。

ユメの息遣いが聞こえていた。あるいは、ハルヒロ自身が呼吸している音なのかもしれない。

まるでこの夜に溶けてゆくみたいだ。そんなことを思った記憶がおぼろげにある。ボード野を押し包む夜が、ハルヒロをどろどろに溶かしてしまう。

目を開けると、まだ暗かった。真っ暗ではない。空は闇以外の色彩をいくらか帯びていた。夜明けが近づきつつあるのだろう。

ハルヒロはまだユメの腿を頭の下敷きにして仰向《あおむ》けになっていた。ユメは両脚を伸ばして横になっている。みぞおちのあたりで両手を組み合わせているようだ。

手の感覚があるかどうか、確かめてみた。まあ、なくはない。両腕を持ち上げると、痛みを感じた。手首にも力が入る。指を動かすこともできた。

少なくとも、眠りに落ちる前よりはましな状態だろう。どれくらいかはわからないが、睡眠をとることができた。あるいは、そのおかげかもしれない。

思いきって起き上がってみたら、頭がふらついてだいぶ心許《こころもと》なかった。気分は良くない。かなり悪いが、最悪とまでは言えないだろう。

焚き火は燃え尽きていた。そのそばに狼犬《おおかみいぬ》ポッチーが身を横たえている。イツクシマは地べたに腰を下ろしてポッチーにもたれかかっていた。起きているのだろうか。どうやら眠っているらしい。

ポッチーが頭をもたげてハルヒロのほうに顔を向けた。目が合った。ポッチーはすぐに顔を伏せた。

「ランタ……?」

ハルヒロは小声で呼んでみた。ランタの姿は見あたらない。

多少迷ったが、ハルヒロはふたたびユメの腿の上に頭をのせた。言い訳はちゃんと用意している。最悪ではないにしても、とはいえ体がつらい。まだ動けるような状態ではないし、休まないと。何もしたくないし、何もできない。何もしなくていい、と誰かに言って欲しい。ハルヒロはユメに甘えているのだろう。ユメなら無条件で甘えさせてくれる。

ハルヒロはそのまま二度寝した。次に目を開けると、さっきよりだいぶ明るくなっていた。日が昇る寸前といったところだろう。

ユメは寝息を立てている。イツクシマとポッチーはいなくなっていた。偵察か何かしに行ったのか。

「目ェ覚めやがったか」

ランタがしゃがんでハルヒロを見下ろしていた。

「ああ……」

喉がひどく狭まっていて発声しづらい。ハルヒロは一つ息をついた。熱があるのかもしれない。傷が膿《う》んでいるのだろう。

ランタが舌打ちをした。本人はいたく気に入っていたらしい、あの悪趣味な仮面はつけていない。代わりに、というわけではないだろう。頭部の右上から左耳の下にかけて、布を巻きつけている。あの布は伊達《だて》ではない。飾りではなく、顔面に負った刀傷を保護している。

ランタもタカサギに斬られた。額の右上から眉間を通って左耳の下にまで達する傷は、もしかすると一生消えないかもしれない。

「かっこいいな、それ」

ハルヒロが掠《かす》れた声で言うと、ランタはフンッと鼻を鳴らして肩をすくめてみせた。

「オレ様がかっこいいのはもともとだっつーの」

「そっか」

「よく眠れただろ。枕が最高だからな」

「まあ……そうだな」

「感謝しやがれよ、クソが」

してるよ。

ハルヒロがそう返事をしようとしたら、突然ユメが「ぬまっ」と妙な声を発した。

「ふおうっ。朝やんなあ」

そんなことを言ってから、腹筋だけを使って上半身をがばっと起こす。

「んっにょお、ハルくん、おはようさんやあ」

満面に笑みを浮かべてそう挨拶などされた日には、ハルヒロもつられてなんとか笑顔を作り、「おはよう」と返すしかなかった。

「……ったく。とんだ女神だぜ、おまえはよォ……」

ランタが何かぶつぶつ呟《つぶや》いている。

「ほわぁっ!?」

ユメは両目を大きく真ん丸に見開いた。

「ランタもいてるやんかあ。なあ?」

「もって言うな！　オレはついでじゃねェーぞ。主人公様だッ」

「むう?　ランタはちんすこうなん?」

「ンなコト言ってねェーし、ちんすこうって何だァーッ」

「ユメにわかるわけないやんかあ。ちんすこうはランタが言いだしたんやからなあ」

「言いだしてねェーっつーの。オレに罪を着せるんじゃねえッ」

「ユメはランタに海なんか見せてないしなあ?」

「たしかに海は見てねェーよ。ココは大海が広がってるような場所じゃねェーしな?」

「前から思っててんけどな、ランタは話がめっこり通じないことがあるねやんかあ」

「話がメッコリ通じねェーのはどっちだッ。つゥーか、メッコリって何なんだァーッ」

「めっこりはなあ、ぽっこりとかほっこりとかの親戚でなあ、さっくりとかゆっくりとかの遠い親戚やんなあ?」

「……頭がこんがらかるっつーのッ!」

「もほぉー。ランタ、頭こんがり焼いたから、髪の毛みしゃみしゃなん?」

「コレは生まれつきだッ。……みしゃみしゃっつーのは初めて言われたケドもッ!?」

「賑《にぎ》やかだな」

イツクシマがポッチーを連れて戻ってきた。見れば、イツクシマの腰に大きなノネズミのような獣が何匹かぶら下がっている。罠《わな》でも仕掛けて捕まえたのかもしれない。

ハルヒロが身を起こそうとすると、ユメが手を貸してくれた。

「無理したらいかんよお」

「立てンのかァ?」

ランタはにやにや薄笑いを浮かべている。

ハルヒロはどうにか立ち上がった。両足で地面を踏みしめ、深呼吸をする。腰を曲げ伸ばしし、肩を回したら傷が疼《うず》いた。思わず呻《うめ》いてしまった。

イツクシマが少しだけ笑った。

「若いな」

「どうですかね」

口ぶりからすると、皮肉を言ったわけではなさそうだ。

「ろくでもないものを見物する余裕はあるか？」

「余裕……は、まあ、そんなにないかもしれないですけど。なんとなく、見ておいたほうがよさそうな感じですか」

「かもしれん」

イツクシマは歩きだした。

ポッチーがイツクシマについてゆく。

「みんな、来てくれ」

ハルヒロはランタ、ユメと一瞬、目を見あわせた。それからイツクシマとポッチーのあとを追った。

イツクシマはそう遠くまでは行かなかった。野営した場所から百メートルくらいしか離れていない。

胸ほどの高さの藪《やぶ》をかき分けて十メートルかそこら進むと、まずポッチーが足を止めた。どうもポッチーはそこから先には行きたくないようだ。鼻柱に微《かす》かに皺《しわ》を寄せて、なんだか不快そうな顔つきをしている。もしくは不安なのかもしれない。イツクシマは、そしてハルヒロたちも、さらに数メートル前進した。

藪の向こうには谷があった。幅四メートル足らずで、長さは数十メートル、目測で五十メートルから六十メートルの間だろう。深さは五メートル以上ありそうだ。

ランタが谷の縁から身を乗りだして底をのぞきこんだ。

「……ウヨウヨいやがるな」

ハルヒロは片膝をついて体勢を低くした。すでに日が昇りはじめているが、目を凝らさないと谷底の様子は見てとれない。

ユメがハルヒロの隣にしゃがんで膝を抱えこんだ。

「ぬっふぉあ……」

谷の底には骸骨や乾燥しきった死体、その中間の死者が折り重なっていた。おびただしい数だ。裸の者もいれば、兜《かぶと》を被《かぶ》っている者や、鎖帷子《くさりかたびら》を着た者もいる。ある死者は朽ちかけた衣類を体にこびりつかせている。服を云々《うんぬん》する以前に、肉体の大部分が欠損している死者も少なくない。戦斧《せんぷ》、槍《やり》、剣、盾、それらの残骸らしきものも目につく。寸胴《ずんどう》な体格や頭蓋骨にへばりついている髭《ひげ》からすると、死者の半分以上はドワーフのようだ。

「うようよってのは違うな」

イックシマは乾いた声音で訂正した。

「あの死者たちは微動だにしてない。俺が前にボード野《や》を通りかかったときは、昼間でもまさにうようよしてたもんだ」

動いていた、ということだろう。夜間でなくとも、陽《ひ》の光が届かない谷底では死者たちがうごめいていた。

以前はそうだった。

ユメがぱちんと両手を合わせた。瞑目《めいもく》している。死者たちを悼んでいるのだろう。

ランタが呟いた。

「呪いが――」

「消えちまいやがったんだな。〝不死の王《ノーライフキング》の呪い〟が……」

「見ろ」

イックシマがどこかを指さした。

「あそこだ」

谷の底ではない。谷を挟んで向かい側の切り立った斜面だ。草や苔《こけ》はそれほど生えていない。ほとんど灰色や茶褐色の土や岩が剝《む》き出しになっている。

蛇だろうか。

ハルヒロはまずそう思った。蛇のような細長い生き物が斜面をよじ登っている。

真っ黒くて、細長い生き物が。

「……んぬ？」

ユメがぱちっと目を開けて斜面を凝視した。ランタも首を傾《かし》げてまじまじとそのあたりを観察している。

蛇にしては長い。長すぎるのではないか。目で追うと、それは死者たちでほぼ埋め尽くされている谷底から、斜面の岩や固まった土の間を縫うようにして、対岸というか、この谷を渡った先の縁の上まで達している。

しかも、一匹ではない。

その蛇のような生き物は何匹もいる。

「え——……」

ハルヒロはぞっとして足許《あしもと》に目を落とした。あちら側だけなのか。とっさにそう疑ったのだ。

幸か不幸か、ハルヒロたちがいる一帯にそれらしいものは見あたらない。しかし、右方向、十メートルばかり先に黒い蛇がいた。

「いっ……」

「ウォッ!?」

ランタもそれに気づいたようだ。イックシマはあらかじめ知っていたようで平然としているが、ユメは「きょわあっ!?」と仰天して跳び上がった。

「なッ――ななななッ……!?」

ランタはあからさまに動転しているが、それでも刀の柄《つか》に手をかけて身構えている。

あの生き物は違う。蛇などではない。生き物ですらないのかもしれない。

ハルヒロは立ち上がった。谷の縁沿いに右方向へ歩いてゆく。

「ハルくん!?」

ユメが慌てて追いかけてきた。ランタも「オイ、おまッ、バッ、コラッ」とか何とか口走りながら、おっかなびっくりついてくる。

ハルヒロはその黒くて細長いものの六、七十センチ手前で立ち止まった。それは谷底から斜面を這《は》い上がってきて、さらにどこかへ向かって伸びている。

ハルヒロは空を見て、太陽の位置からおおよその方角を割りだした。

「東――ちょっと北寄りか……」

黒くて細長いものは、どうやら谷底から出てきて東北東やや東の方向へ、移動しているのか。動いているのかどうか。

ハルヒロは身を屈《かが》めた。それは、完全に静止しているようにも、ごくわずかに蠕動《ぜんどう》しているようにも見える。どちらとも断言はできない。

「……どォーよ？」

ランタがハルヒロの右肩の横からにゅっと顔を出した。この男を前に押しだして、あの黒くて細長いものを踏んづけさせるというのはどうだろう。ハルヒロは一瞬そんなことも考えたが、あいにく両手が使い物にならない。それに、ユメがちょこちょこ黒くて細長いものに歩み寄っていって、「――こにゃっ！」と蹴飛ばした。

「ヴァイィーッ!?」

ランタが血相を変えてユメに飛びついた。羽交い締めにして後退させる。

「なななななァーにしてンだユメおまッ！　あッぶねェーだろ、おおおおおおまえにナンかあったらオレはァッ……！」

ハルヒロも大いに肝を冷やした。もっとも、ユメはときに大胆すぎるほど大胆だが、むやみやたらと危険を冒したりはしない。ユメなりに何らかの基準がある。それに基づいて、この程度のことはやっても平気だと判断したのだろう。

ハルヒロはさらに近づいて、靴の爪先で黒くて細長いものを突《つつ》いてみた。こうやって刺激を与えても、それはびくともしない。軽く踏むと、何か微細な振動のようなものを感じる。気のせいではないと思う。それはやはり動いている。

谷底から上がってきて、どこまで続いているのか。定かではないが、見える範囲で途切れていないことだけはたしかだ。

ハルヒロは足をどけた。その直径は五センチもない。三センチといったところだろう。断面は円なのか。平べったくはなさそうだ。

同じような、というか、まったく同じとしか思えない黒くて細長いものが、谷底から何本も、ひょっとしたら何十本も、生えている、という言い方は正しいのか。どうもしっくりこないが、ハルヒロには別の表現が思いつかない。ただ、これが何なのかはわかる。ハルヒロは確信を持っていた。

「世界腫……──」

0107A660・我知らず焦燥

「シノハラさん」

ハヤシに声をかけられる前に目が覚めていた。どうしたのか、とは訊《き》かなかった。シノハラは起き上がるなり、角灯を持って寝台のそばに立っているハヤシに今すぐ皆を起こすよう命じた。

手早く身繕いをして部屋を出ると、天望楼《てんぼうろう》内は騒然としていた。シノハラはハヤシを伴って階段を上がった。ジン・モーギス総帥は三階の主寝室ではなく、二階の暖炉部屋にいるとのことだった。暖炉部屋の前には黒外套《がいとう》がいた。

「シノハラどのです！」

黒外套は室内にそう呼びかけてから扉を開けた。シノハラとハヤシは暖炉部屋に入って一礼した。モーギスは毛皮のガウンをまとい、暖炉の前で腕組みをしていた。

「閣下」

シノハラが呼びかけると、モーギスは「うむ」とうなずいた。

「南門と東の防壁から報《しら》せがあった。敵かどうかはわからん。怪異だという」

「怪異、ですか」

「それを目にした兵から直接話を聞いたが、どうにも要領を得ん」

モーギスは錆色《さびいろ》の瞳でシノハラを見すえた。

「きみは辺境を熟知している。怪異とやらを確認し、可能ならば正体を突き止めてもらいたい。すまんが、頼めるか」

すまないなどとは微塵《みじん》も思っていないだろうが、モーギスは表面上、シノハラを丁重に扱っている。使える手駒の少なさがこの男の弱みだ。シノハラとしては適度に恩を売って良好な関係を保っておきたい。いずれは踏み台にするか、捨て石にするか。むろん、モーギスの腹をかっさばけば、シノハラの魂胆と似たような悪巧みが姿を現すだろう。

「承知しました」

シノハラは請け合ってハヤシとともに暖炉部屋を辞した。

「……何でしょうね。怪異とは」

ハヤシは不安げだった。それをこれから確かめに行くのだ。シノハラは黙って階段を下りた。オリオンの面々が階下に集合していた。

「ひとまず南門へ向かいます」

シノハラは一同にそう告げて歩きだそうとした。

「あの、シノハラさん」

魔法使いのホリユイに呼び止められた。シノハラはため息をつきかけて、自分は不機嫌なのかと訝《いぶか》った。そんなことはない。普段どおりだ。

「ええ。何です、ホリユイ?」

「盾は持っていかなくていいんですか」

「……盾?」

そういえば、シノハラは守りの盾《ガーディアン》を携えていなかった。断頭剣《ビヘッツダー》は腰に吊《つ》っている。それから、お嘆《なげ》き山《やま》のリッチキングから奪取した指輪も。シノハラはあの遺物《レリック》を〝塵《ちり》の指輪〟と名づけた。さすがに堂々と指に嵌《は》めるわけにはいかない。塵の指輪は頑丈な紐《ひも》を通して首にかけている。

「ああ――」

なぜ盾を持ってこなかったのだろう。

わからない。シノハラ自身、説明できなかった。

「うっかりしていました」

微笑してみせたのは、厳正で敬われるだけでなく、ときに親しみやすさものぞかせるという、シノハラが演じているリーダー像に沿ったまでのことだ。

ホリユイはそこそこ優秀な魔法使いだが、突出したところは一つもない。凡庸なのに、あるいは凡庸ゆえにと言うべきか、シノハラに敬慕以上の月並みな恋愛感情を抱いている。おかげで、冷淡にあしらえばすぐに臍《へそ》を曲げるし、親切にしすぎて付け上がらせても良くない。匙加減《さじかげん》を誤ると、たちまち無用の長物と化す。凡庸なくせに厄介な女だ。

慣れてはいる。シノハラにとって、他者は意思を持つ駒だ。意思などなければ面倒が省けていい。しかし、人は意思があるからこそ自ら動く。動かない駒は用途が少ない。

シノハラはやや迷ったが、一度部屋に寄って守りの盾《ガーディアン》を持ってきた。自分が迷ったことに違和感を抱いた。怪異とやらの正体は今のところまったく不明なのだ。どんな危険があるかわからないのだから、遺物《レリック》の盾はないよりあったほうがいいに決まっている。

天望楼を出て南門へ向かう途中、ハヤシが耳打ちをしてきた。

「なんだか胸騒ぎがします。出すぎたことかもしれませんが、用心したほうがいいかと」

「ええ、わかっています」

ハヤシはそう答えながら、胸騒ぎか、と内心でハヤシを嘲っていた。胸騒ぎとは何とも曖昧だ。

ハヤシという男は生真面目で責任感が強い。堅実だし、シノハラの予想から外れるような真似《まね》は絶対にしないので、その意味では信用できる。

ただ、惜しむらくは頭が悪い。愚劣というほどではないにせよ、物事を理論的に考える思考力が弱いのだ。この手の人間はえてして予感だの勘だのに頼りがちだし、最後はだいたい精神論に行きつく。

シノハラはふと意外なことに気づいた。頭の悪い人間は総じて扱いやすい。それなのに、どうも自分は頭の悪い人間がとてつもなく嫌いなようだ。

人間たちを頭が悪い順に整列させて、一人ずつ処分していったらさぞかし気分がいいだろう。実現できたら特等席で見たい。最上級の喜劇だ。心の底から笑えるかもしれない。

もとよりシノハラは頭の悪い人間を見下していた。愚か者を蔑まない道理はない。当然のごとく下に見ているだけだと思っていた。我ながら、ここまで嫌っているとは気づいていなかったのだ。それでいて、オリオンには不思議なほど馬鹿しかいない。シノハラが認めるほど頭が切れるのは、死んだキムラくらいのものだった。

キムラは変人だったが、よく物が見えていた。シノハラに欺かれていることもある程度は見抜いていたはずだ。キムラとの関係にはお互い納得ずくで騙《だま》し合っているような面があった。他の者たちはシノハラが右を向けと言えば右を向く。ここで死ねと命じれば、恐れやためらいはあっても結局、死んでみせるだろう。彼ら、彼女らに、シノハラを疑うような知性はない。

むろん、そんな人間ばかりではないのに、なぜオリオンは程度の低い鈍物揃《ぞろ》いなのか。

無能ではない愚者どもが、シノハラの前に間抜け面で雁首《がんくび》を並べている。

他の誰でもない。

シノハラが集めた。

あらかじめ意図していたわけではない。意識していなかった。しかし、知らず識《し》らずのうちに扱いやすい馬鹿ばかりを寄せ集めて、揃いの白マントを身につけさせた。

だから、虫酸《むしず》が走る。

シノハラはオリオンが嫌いなのだ。

南門は閉ざされていた。兵が門を開けた。

「気をつけてください！」

兵に言われた。無精髭《ひげ》にまみれた汚らしい赤ら顔が不快だった。

人が二人ほど並んで通れるくらいまで南門が開けられた。オリオンはそこから外に出た。

ハヤシが先頭でシノハラは四番目だった。ハヤシを含めた五、六人が角灯を持っている。

「何かいます……！」

ハヤシが角灯を掲げて叫んだ。

シノハラは闇の向こうを凝視した。南門の先には踏み固められた道が延びている。

たしかに何かいるようだ。闇自体が動いているような気配を感じる。夜更けの闇が動くわけがない。闇の中に何かがいるのだろう。動いている、ということは生き物に違いないが、足音のような音は聞こえない。もっと重たい音だ。

シノハラはしゃがんで地べたに手をついた。震えている。

お嘆き山攻略戦で盗賊のツグタと狩人《かりゅうど》のウラガワが死んだ。あの二人は索敵や探査の肝だった。頭は良くないが、能力はあった。シノハラは苛立《いらだ》っていた。肝心なときにいない。死んでしまっている。とことん役に立たないやつらだ。

「東の防壁でも異変を察知したと言っていたな」

シノハラが呟《つぶや》くと、ハヤシが振り返った。

「どうしますか。東に……？」

「この道は――」

シノハラは南の空に目をやった。オルタナの南には天竜山脈がそびえている。もっとも、南門から続く道はまっすぐ南に向かっているのではない。

オルタナの東南に小高い丘がある。防壁に囲まれた市街とほぼ隣りあっていると言ってもいい。オルタナの市民や義勇兵たちはその丘の斜面を長らく墓地として利用してきた。

「開かずの塔か」

「行くぞ」

シノハラは道を進んだ。

「えっ――はい！」

ハヤシたちは慌ててついてきた。

門外し卿《サー・アンチエイン》。

あの男が動いたのか。だとしたら、何をしてくるかわからない。開かずの塔の中はあの男が収集した遺物《レリック》で溢《あふ》れかえっている。どれが遺物《レリック》でどれが遺物《レリック》ではないのか、見分けがつかないほどだ。あの男に何ができるのかさえ定かではない。

シノハラはひよむーを名乗る女の手引きで初めてあの男と会って以来、積極的に取り入ろうとしてきた。懐に入りこんでいる、とまでは言えない。入りこもうとしてきたつもりだが、シノハラが思うに、あれは他者を信じて頼りにするような生き物ではないだろう。人の言語を解するし、人と言えなくもない外形を取り繕っているだけで、広い意味における人ですらない。

サー・アンチェインは、オルタナを治める代々の辺境伯と密《ひそ》かに接触を持ってきたようだ。あの男のほうから天望楼に出向くこともあったらしい。珍品を献上したり、遠方の情報をもたらしたりして辺境伯の機嫌を取り、自分は開かずの塔に住んでいると匂わせたことから、あの塔の閂《かんぬき》を外すことができるただ一人の人物、という意味で、サー・アンチェイン、と呼ばれるようになった。

ひよむーは見た目どおりの年齢ではない。シノハラより遥《はる》かに年長のはずだ。調べた範囲では、二十年以上前にひよむーとおぼしき義勇兵が活動していた。ひょっとしたら、生ける伝説扱いされているあのアキラよりも上の世代だ。

ひよむーはどのような経緯で開かずの塔の主と繫《つな》がったのか。知る由もないが、おそらく遺物《レリック》目当てで仕えているのだろう。あの見た目も遺物《レリック》によって若返りの処置か何かを受けているのかもしれない。遺物《レリック》は不可能を可能にする。というよりも、この世界のことわりの外にあるのが遺物《レリック》なのだろう。

遺物《レリック》はこの世界のものではないのだ。

そして、シノハラたちもまた、もともとはこの世界の住人ではない。どこか別の世界からグリムガルにやってきた。

シノハラの推測では、シノハラたちのような異界の住人が、何らかの事情——それが事故なのか、異変に飛びこんだのか、巻きこまれたのかはわからないが、とにかく何かがあって、このグリムガルに現れる。

異界の住人が最初、開かずの塔の地下で目覚めることはわかっている。そのときには記憶を喪失しており、塔から追い出されてオルタナへと導かれる。大半の者は生きるために義勇兵になる。

サー・アンチェインが遺物《レリック》の力で異界の住人たちをかき集めているのではないか。シノハラはそう考えている。的外れな想像ではあるまい。そして、異界の住人たちから記憶を奪い、オルタナに送りこんでいる。

あの奇怪な遺物蒐集家《レリックコレクター》、人ならざる怪物は本当のところ、何を企《たくら》んでいるのだろう。

遺物《レリック》を欲している。ありとあらゆる遺物《レリック》を。それは間違いない。

探しだすだけでなく、遺物《レリック》を調査し、研究しているようだ。遺物《レリック》は特別なエネルギーを内包しており、あの怪物はそれを、エリクシル、と呼んでいるらしい。これは怪物の口から直接聞いた。

ハルヒロたちの仲間だったシホルを誘拐し、ふたたび記憶を奪ったうえで籠絡した。怪物はその際、自分に従えばもとの世界に帰ることができる、といったような甘言を弄した。シノハラも耳にしている。

『望みが果たされれば――』

怪物はシホルにそう声をかけていた。

『きみはもとの世界に帰ることができるだろう。きみがいた世界。本来、きみがいるべき場所に』

望みが果たされれば。

誰の望みなのか。怪物の望みだろう。その望みとは何なのか。それを達成することこそが怪物の目論見《もくろみ》なのか。

いや、あの怪物がたやすく真意を明らかにするとは思えない。所詮はまさしく甘言でしかないのではないか。

しかし一方で、シノハラはこうも考えている。

ひょっとすると、サー・アンチェインことアインランド・レスリーは、グリムガルにやってくる異界の住人をかき集めているのではなく、異界から人間を呼び寄せているのかもしれない。

仮にそうだとしたら、その逆も可能なのではないか。

怪物が秘蔵している遺物《レリック》のいずれかを用いれば、シノハラたちはもとの世界に帰ることができるのかもしれない。

シノハラは丘を登りはじめた。この丘の上に開かずの塔がそびえている。

開かずの塔の主。

サー・アンチェイン。

不死の王《ノーライフキング》が生みだしたという、五公子の一人。

アインランド・レスリー。

あの化け物、あの怪物に、シノハラはもっと近づかねばならない。あの怪物をよく知る必要がある。怪物はシノハラのことを数少ない貴重な同志だと評した。額面通りに受けとることはできないとしても、怪物にしてみれば同志と呼んで繋ぎ止めようとする程度の利用価値をシノハラに認めてはいるのだろう。できうるのならば、怪物の友になってやってもいい。あのおぞましい怪物の親友として振る舞うこともシノハラは厭《いと》わないだろう。しかし、シノハラのほうから請うても意味がない。あの怪物が自ら望まなければ、友になることはできないだろう。

「待ってください、シノハラさん！」

ハヤシが追いついてきた。角灯の明かりが揺れる。ハヤシはものすごい剣幕だった。シノハラは足を緩めた。何も走ることはない。どうも平常心を失いかけていたようだ。

「……ああ、すまない」

「いえ、でも、何かおかしい。変です。丘全体が――」

ハヤシはいきり立っているのではなく怯《おび》えているらしい。シノハラは立ち止まった。

「……何だ？」

「わかりません、まるで地震のような……様子を――」

ハヤシは丘の頂上へと続く道をそれて、こわごわと歩を進めた。

丘には白い墓石が並べ置かれている。新月や曇った夜でもない限り、墓石群は夜目にも浮き上がって見える。ぼんやりと白く仄光《ほのひか》るそれらを、人びとの魂に喩《たと》える者もいる。馬鹿どもは肉体に宿って精神を司《つかさど》る魂などというものの存在を信じる。心底呆《あき》れる。人もようするに物体ではないか。生き物として機能するようにできた物体でしかない。壊れればその機能を失う。それが死なのだ。なぜそんなことがわからないのか。

今夜の丘はいやに暗い。

赤い月は出ている。星屑《ほしくず》も夜空にばらまかれている。

それなのに、今宵《こよい》の丘はどこまでも暗い。

暗すぎる。

一つの墓石も見あたらない。まるで夜の闇がかたまりとなって白い墓石を覆い隠しているかのようだ。

ハヤシが前方に掲げる角灯の明かりによって、妙なものが照らし出された。

「な、何かっ……——」

違う。

正確には、照らされるはずのものが照らされていない。

墓石と開かずの塔がなければ、この丘はこんもりと盛り上がった草地だ。従って、角灯の明かりは生い茂る草を照らさなければならない。

ハヤシの足許《あしもと》にはたしかに草が生えていた。

しかし、角灯の光が届いているのに、どういうわけか黒々とした箇所がある。

「塔の、形が——」

誰かが言った。

シノハラは丘の上の開かずの塔に目をやった。そこには塔が立っている。怪物が住まう見慣れた塔が。

あんな形をしていただろうか。

塔が、いつもより大きい。

背の高さは変わっていないような気がする。ただ、膨れている。太くなったというのでもなく、やはり塔の形が、輪郭が、違っている。

塔というよりも、巨大な指のようだ。

黒い、真っ黒な巨人の指が、丘の上に佇立《ちょりつ》している。

しかも、その指の表面が絶え間なく蠢動《しゅんどう》している。なんだか刻一刻と成長しているようにも見える。

「馬鹿な——」

シノハラは息をのんだ。

丘が、丘を押し包む闇が、何か黒いものが、押し寄せてくる。

何を馬鹿な、と思った。そんなことが起こりうるだろうか。ありえない。錯覚だ。

「あぁっ」

ハヤシが激しく身をよじった。足にまとわりついてきたものを振り払おうとした。そんな動作だった。事実、ハヤシはそうしようとしたのだろう。ハヤシは何かに絡みつかれていた。何か黒いものに。ハヤシが振り返った。

「逃げて——」

そこまで言ったところでハヤシは黒いものに引きずり倒された。いや、というよりも、黒いものはハヤシをどんどん乗り越えて突き進んでくる。シノハラは一瞬だけ後ろを見た。だめだ、と思った。来る。後ろからも。見えたわけではない。それは闇のように、もしかしたら闇よりも黒い。しかし、今やはっきりと感じられた。黒いものは四方八方から迫ってくる。

「オリオン……！」

シノハラは絶叫して守りの盾《ガーディアン》を構え、断頭剣《ビヘッダー》を抜いた。途端に黒いもので視界が埋め尽くされたが、「ぬんっ……！」と力を込めて守りの盾《ガーディアン》で打ち払い、断頭剣《ビヘッダー》を振り回すと、手応えがあった。打撃というよりも破裂のようで、切断というより断裂と表現したほうがおそらく当てはまる。これは抗しうる、とシノハラは感じた。

黒い。黒くて動く。生き物なのか。わからないが、シノハラはそれを守りの盾《ガーディアン》で退け、断頭剣《ビヘッダー》で断ち切ることができる。

しかし、いくら守りの盾《ガーディアン》と断頭剣《ビヘッダー》を駆使して撃破したところで、黒いものはあとからあとからやってくるのだ。オリオンの面々はどうなのか。確かめる余裕などない。気がつけば黒いものがシノハラの右脚にまとわりついている。引き抜こうとしている間に左脚にも絡みつかれた。黒いものにはどうも意思か意図、目的のようなものがあるようだ。シノハラにはそうとしか思えなかった。――こいつら、僕に向かってくる。

0108A660．ただ一人だけ

ジン・モーギスの人生は糞《くそ》まみれどころか糞そのものだった。

そもそもモーギス家が糞だった。アラバキア糞王国を打ち建てたエナド・ジョージは糞の親玉で、エナドの暗殺を企てた側近イシドゥア・ザエムーンも糞だし、糞のイシドゥアに担がれた馬鹿娘フリアウも糞なら、その血を引く宗家は糞の血筋で、糞宗家と争った北家の祖、エナドの義兄弟だったスティーチもたいがい糞だったというし、権門イシドゥア家の糞どら息子と能天気にも恋に落ちたモーギス家の阿呆《あほ》娘もそうとうな糞だろう。おかげで糞にまみれたモーギス家は、肥だめの糞よりもさらに糞な、糞を煮詰めた糞とでも言うべき惨憺《さんたん》たる糞境遇に陥ったわけだ。

そんな糞話を糞ほど聞かされて、ジン・モーギスは育った。

『俺たちモーギス家の人間は特別なんだ』

というのが、ジン・モーギスの父ウィリアム・モーギスの臭くてたまらない口から頻繁に垂れ流される糞口癖だった。

糞息子は糞親父《おやじ》の脂と垢《あか》と埃《ほこり》でべたべたしている虱《しらみ》のたかった赤毛が糞より嫌いだった。黄濁した白目の真ん中で爛々《らんらん》と光る錆色《さびいろ》の瞳の中心に、尖《とが》った釘《くぎ》をぐさりと突き刺してやりたい。何度も何度もそう願ったものだ。

『俺たちモーギス家の人間は他の糞どもとは違う。ジン、おまえはそのことをしっかり心得ておけ』

糞親父は方々に頭を下げて回って、一人息子をどうにかこうにか王国軍の兵士にした。頼んでもいないのに、まったく糞ありがた迷惑だった。

『ジン、おまえには才能がある。俺にはわかるのさ。おまえには人殺しの才能があるんだ。知ってるぞ、ジン。おまえが隣の農園の犬をとっ捕まえて殺したのはまだ八歳のときだったな？　それまでは狩りに出て兎《うさぎ》だの鼠《ねずみ》だのしか仕留めたことがなかったってのに、おまえは犬を殺した。知ってたのか？　犬殺しは重罪だぞ。犬は大事な財産だからな。わかってる。おまえは承知の上でやったんだ。誰も八歳の餓鬼が犬をぶち殺すとは思わねえからな。なんで犬なんか殺した？　こいつは俺の推測だがな。あれはやたらと吠《ほ》える犬だった。うるさくてかなわねえ。だから殺した。そうだろう？』

斑《まだら》模様のいつも目を血走らせている犬だった。一度咬《か》まれたことがある。絶対に殺してやると誓った。どうやって殺してやろう。計画を練って実行した。八歳。そう。あれは八歳のときだった。

『おまえが隣村の娘を強姦《ごうかん》したのも俺は知ってるぞ。おまえは十一歳だった。誰かに言ったら殺すと脅したんだよな？　おまえはまんまとやりとげた。それ以来、何人も何人も犯したんだろう？　すっかり味を占めやがったな。気持ちはわかる。あれはいいものだ』

糞親父はまるでその目で見たように舌舐《したな》めずりしながら語った。見られていたのだろうか。そうは思えない。本当のところはわからないが、当てずっぽうにしては正確だった。

『俺が把握してる限りでは、おまえは脅しが通用しなかった娘を一人、殺して埋めた。あの一人だけか？　いいや、違うな。おまえはきっと何人か殺《や》ってやがる。わかるんだよ、ジン。俺にはわかっちまうのさ。なぜかって？』

糞だからだ。

同じ糞だから。

ウィリアム・モーギスは自分の女房を、つまりジン・モーギスの母親を殴り殺して埋めた。埋める前に、せっかくだ、もったいねえとばかりに屍姦《しかん》したことも、ジン・モーギスは知っている。

幼い頃にこの目で見たからだ。

もちろん、堂々と見物したのではない。盗み見た。

『お母さんはどこに行ったの？』

翌朝、そしらぬふりを装って訊《き》いたら、ウィリアム・モーギスは平然と薄笑いを浮かべて答えた。

『あの糞女《クソアマ》、出ていきやがった。まあいいさ。愚図のくせにやかましくてかなわなかったからな。いっそ、せいせいするぜ。おまえもそう思うだろう、ジン？』

糞が。何たる糞野郎。

幼いジン・モーギスはウィリアム・モーギスを心底憎んだ。しかし一方で、今日から、正確には昨夜からだが、あの母親はもういない、いなくなってくれた、そう考えると、悪くない気もした。

ジン・モーギスの母親は、ウィリアム・モーギスのような男にお似合いの糞女だった。だいたい、汚物がこびりついた札付きの糞モーギス家に嫁ぐような女だから、まともなわけがないのだ。あの女についてジン・モーギスが覚えているのは、吐き気を催すほど口臭がきつかったこと、前歯が三本なかったこと、他の歯も真っ黒だったこと、腋《わき》の下から背中にかけて濃い毛が生えていたこと、気に入らないことがあると脳天に響く声で猛烈にがなり立て、最後には手を出すことくらいだ。

あの糞親父と糞母親がまぐわった結果、ひねりだされた糞として、自分という存在は生み落とされた。

生まれながらの排泄物《はいせつぶつ》。まさに糞。

それがジン・モーギスなのだ。

『おまえは軍人になるんだ、ジン』

ウィリアム・モーギスという糞が息子の耳に流しこむ吐瀉物《としゃぶつ》のような言葉はすべて呪詛《じゅそ》だった。

『ジン、おまえなら立派な軍人にはなれなくても、戦場で大勢殺せる。味方がどれだけくたばったっておまえは平気だろうし、敵なら殺せば殺すだけ手柄になるんだからな。やれやれ、だぜ。こんなことなら俺も軍人になりゃあよかった。軍に入ってれば今ごろ一角《ひとかど》の人物になってただろうにな。とはいえ、俺たちモーギス家の人間は厭《いと》われてる。本当のことを言うとな。もとからモーギス家の人間は恐れられてたのさ。俺たちのご先祖様、ザブロ・モーギスはエナド・ジョージ子飼いの殺し屋だった。腕利きの殺人者だったのさ。エナドに睨《にら》まれたやつはザブロに消される。あいつを始末しろとかいちいち指図されるまでもなく、どいつを殺せばいいのかザブロにはわかった。朝飯を食う前に殺して、昼飯のあとに殺して、晩飯の前に殺して、寝る前に殺すような男だったんだ。わかるか、ジン。おまえにはわかるよな？　とにかく俺たちのご先祖様は、そうやってエナドのために働いた。殺しまくったんだ。ジン、おまえには教えてやる。ザブロ・モーギスってのはエナドがつけてくれた名なんだ。本当の名はな。モギ・ザブロウっていったらしい。モギ・ザブロウは特別な殺し屋だった。モギ・ザブロウが邪魔者を次々と殺したから、エナドは王にまで上りつめた。エナドと俺たちのご先祖様はそういう間柄だったんだ。だからな。エナドがイシドゥア・ザエムーンの野郎に追い落とされた時点で、モーギス家の運命は決まってたのさ。だが、上の連中はいまだにモーギス家の人間を不気味がってる。何をやらかすかわからねえってな。俺たちモーギス家の人間は、特別なんだよ――』

ジン・モーギスは天望楼《てんぼうろう》の正門から出るなり叫んだ。吐く息が白い。暁が迫る空は明るくなりはじめている。

「閣下、これに！」

黒外套《がいとう》をまとった側仕《そばづか》えの一人が、手綱を引いてモーギスの前まで馬を連れてきた。目にも鮮やかな葦毛《あしげ》の馬だ。とっさにモーギスは蠅《はえ》を払うように手を振った。

「だめだ！　別の馬を――」

正門付近には何頭もの本土産馬が鞍《くら》を置かれて並べられていた。その中に小柄な黒鹿毛の馬がいた。

「その馬がいい」

モーギスは黒鹿毛の馬を指し示した。黒外套が慌ててその馬を連れてくる。モーギスは黒鹿毛の馬にまたがった。一度も乗ったことがない馬だ。モーギスにはやや小さいが、馬体はがっしりしている。なぜこの馬を選んだのか。モーギスは考えなかった。これは正しい選択だ。その確信だけがあった。

「これより私自ら陣頭に立ってオルタナ防衛の指揮を執る！　騎乗できる者は馬に乗ってついてこい！　残りの者は徒歩《かち》で続け！」

黒外套や兵士たちが怒号に近い声で応えた。

モーギスは馬を進ませた。とりわけ混乱しているのは南門付近だ。モーギスは北門の方向へと馬首を巡らせた。馬上では一度も振り返らなかった。黒鹿毛の馬は体格のわりに健脚で、モーギスの手綱捌《さば》きによく応えた。それに、葦毛と違って目立たないだろう。

行く手の北門は閉じていた。北門の周りに、その上の望楼にも、兵士がたかっている。

「ジン・モーギス総帥！」

「総帥だ！」

「おいでになった！　モーギス総帥が！」

兵士たちが騒ぎたてた。モーギスは馬足をやや緩めさせながら開門を命じた。

「――かっ、開門ですか!?　で、ですが……」

見る間に兵士たちの間に動揺が広がった。

モーギスも一度、防壁に上がって確かめた。防壁の外は異様だった。さながら大雨で川が氾濫し、洪水でも引き起こされたかのようだった。しかし、雨など降っていないし、オルタナ付近に洪水の原因になるような大きな川はない。水ではなかったのだ。黒々としていて、液体なのかどうかさえ定かではないが、明らかに固形ではない。正体不明の黒いものが無数の流れを作って地表をのたうっていた。その一部はオルタナの防壁にも打ち寄せていたが、乗り越えられてはいなかった。黒いものはオルタナ内には侵入してきていない。防壁がオルタナの辺境軍を黒いものから守ってくれていた。

「くどい！　早く門を開けよ！」

モーギスが怒鳴りつけると、兵士たちが開門の作業に取りかかりはじめた。

正体不明の黒いものは、今のところオルタナに入りこんできていない。モーギスが見たところ、黒いものがもっとも集中しているのは東南の丘だった。黒い流れはあの丘を目指しているのではないか。丘の上に立っている開かずの塔は変わり果てていた。黒いものに覆い尽くされ、何倍もの大きさになっていた。

たとえ黒いものが何であれ、オルタナの防壁内に閉じこもっていれば大丈夫だろう。どのような大嵐もいつかは通りすぎる。それまで耐え忍べばいいのだ。

「急げ！」

モーギスに叱咤《しった》されて、兵士たちは大急ぎで門を開けた。もう人一人、いや、二人ほどなら並んで通り抜けられる。

「生き延びたければ私に従え！　行くぞ！」

モーギスはいきなり馬を煽《あお》った。

黒鹿毛の馬は驚いて前脚を浮かせ、蹄《ひづめ》で宙を蹴った。

「ハィヤァッ！」

すかさずモーギスは馬の尻を叩《たた》いた。馬が駆けだした。人馬はあっという間に開いた門を駆け抜けた。

防壁内に閉じこもっていれば大丈夫だ――などということは決してない。モーギスの勘がそう告げていた。

こいつを殺すべきか、殺さざるべきか。理路整然と考えに考え抜いて決断することはめったにない。それでは遅いのだ。手遅れになる。よし、殺そう、と思ったときには殺さなければならない。理想的には、殺そう、と思う前に殺してしまう。それが一番殺しやすいタイミングだ。

たしかにモーギスは迷っていた。目の前にいる獲物を殺すかどうか。それくらい単純な問題ならたやすい。しかし、現実はたいていこみ入っている。ジン・モーギスといえども迷う。思い悩むことすらある。

正直、天望楼を出るまで、明確にこうすると決めていたわけではなかった。南門から外に出たシノハラが戻ってこない。おそらく無事ではないだろう。あの男はかなりの手練《てだ》れだ。モーギスよりも辺境の事情に詳しい。あの男が帰らない。外はそうとう危ないということだ。ここは動かずにじっとしていたほうがいいのではないか。動くとしたら、動かざるをえなくなってからでいい。

モーギスは恐れていた。悪名高いモーギス家の男として生まれついたジン・モーギスでも、恐怖を感じることはある。それが何なのかわからない。何をもたらすのか。得体の知れないものをモーギスは恐れる。

モーギスはまだ死んだことがない。ゆえに死を恐れている。この手でどれだけ殺《あや》めても、人が死んだのちに、あるいはその瞬間に何を経験するのか、モーギスにはわからない。死は無なのか。それとも、死者には生者とは違った知覚のようなものがあるのか。もしくは、死後の世界といったようなものが実在するのか。

軍に入って初めての休暇で里帰りした際に、モーギスは父親を殺した。あれはモーギスにとっては慈悲深い殺人だった。父親は病んでいた。臓腑《ぞうふ》の病だった。痩せこけて、土気色の顔は死人のそれと大差なかった。腐りかけた床からろくに起き上がることもできず、咳《せき》をするのも大儀そうだった。

『ひと思いに息の根を止めてやろうか、親父《おやじ》』

息子が持ちかけると、ウィリアム・モーギスは長々と考えこんでから、そうだな、と枯れ野を渡る風のような声で答えた。

『それも悪くねえかもな』

『頼みがある』

『何だ。言ってみろよ、ジン』

『ひと思いにと言ったが、あんたを少しずつ殺す。知りたいことがあるんだ』

『何が知りたい』

『人間がどうやって死ぬのか。何が見えて、何が聞こえて、何を思うのか』

『そいつは俺も興味がある。だいたい人間ってやつは、こんなもんかって感じで死にやがるからな』

『いつかこんな日が来る気がしてたよ、親父』

『奇遇だな。俺もだ、ジン』

慎重に加減をして事を進めたのに、ウィリアム・モーギスはまさしくこんなもんかって、感じで死んだ。残念なことに、少しずつ殺すには衰弱しすぎていたのだ。今日明日をも知れない状態の病人は、すぐに呼吸ができなくなって心臓が止まった。胸を切り開いて心臓を揉《も》んだらまた動きだすかと思ったが、無駄な努力だった。

あらゆる意味で、また、どのような面においても、ウィリアム・モーギスは役立たずな糞《くそ》でしかなかった。そして、糞汁のごときモーギス家の血を残したという点で、最悪なまでに有害な糞だった。

北門から飛びだすと、間もなく黒い濁流に進路をふさがれた。ジン・モーギスは馬を北西に進ませた。さらに手綱を引き、もっと西へと向かわせた。その先にも黒いものが流れている。

不意に、自分に子はいるのか、とモーギスは考えた。

父に指摘されたように、ジン・モーギスは若い頃から女たちを陵辱してきた。何人犯したのか。わざわざ覚えていない。その欲求があれば、こらえる理由は一つもなかった。

自分の子が欲しい。

モーギス家の血を残したい。

そんな望みを抱いたことはついぞない。

女たちはモーギスにとって欲望のはけ口でしかなかった。それ以下ではあっても、それ以上では断じてない。唯々諾々と従う女もいれば、抗《あらが》う女もいた。同じ女を何度か犯したこともある。だが女に限らず、モーギスが誰かを愛したことはない。

犯した女がのちに身籠もったという噂《うわさ》を耳にしたことはあっただろうか。行きずりで手込めにした女とは当然、二度と会うことはない。その中にモーギス家の血を引く子を産んだ女がいないとは限らない。

モーギスは南部の蛮族どもとの戦いで傷を負い、睾丸《こうがん》を失った。南部の密林には、茂みの中に伏せて身を隠し、こちらの下半身ばかり執拗《しつよう》に狙ってくる嫌らしい蛮族がいるのだ。兵士たちはやつらを、脛《すね》切り、とか、玉取り、と呼んでいた。よりにもよってあの蛮族どもにしてやられたのは一生の不覚だ。痛恨の極みで、最悪の屈辱だった。睾丸を切られたことは秘密にした。モーギスは口封じのために何人か殺した。

あれ以来、女を犯していない。

女を抱く必要がなくなった。

できなくなったのだ。

「──まだだ」

モーギスは手綱を握る左手に目をやった。左手の人差し指には大ぶりの指輪が嵌《は》められている。金の指輪だ。その台座には青い宝石が嵌めこまれている。宝石に浮かび上がっている紋様は染みでも傷でもない。

花びらのようにも見える。

青い石の中で二片の花弁が僅かに揺らめき輝いている。

単なる指輪ではない。開かずの塔の主、門外し卿《サー・アンチェイン》が、モーギスと協力関係を結ぶべく献じてきた贈り物だ。その効力はすでにモーギス自身が実地で試した。

モーギスは馬上で振り返りたい衝動に駆られていた。歩兵はどだい無理だろうが、何騎かはついてきているのか。それとも、辺境軍総帥たる自分が単騎駆けしているという体たらくなのか。

我が身かわいさで部下を置き去りにした。なんたる卑怯《ひきよう》者《もの》かとそしられたとしても、まるで痛痒《つうよう》を感じない。なぜなら、ジン・モーギスは糞から生まれた糞だ。糞の中でも特別な糞なのだろうが、そうはいっても糞は糞なのだ。もとより良心など欠片《かけら》も持ちあわせていない。糞だけに、人びとが思うような誇りとも無縁だ。糞は糞らしく、生き延びるためなら糞の海を泳ぎ、糞を食らうだろう。

父親とは──ウィリアム・モーギスとは、違うのだ。

ウィリアム・モーギスは病魔に冒されて苦しみ抜き、弱り果てていた。早く楽になりたい。しかし、自ら命を絶つ気力もない。食が細り、水も飲めなくなり、息が止まるのをただ待つしかない。

どうか俺を殺してくれ。濁った目で父は息子にそう訴えかけていた。あの人でなし、糞の中の糞は、糞でありながら糞なりに息子を愛していた。溺愛していたと言ってもいいだろう。父と息子は実際、似ていた。似た者同士、糞同士だった。ジン・モーギスにはウィリアム・モーギスの真情が手に取るようにわかっていた。

いいのさ。

なあ、ジン。

俺がくたばったって、息子《おまえ》がいる。

あとは任せた。

生きろ。生き抜け。殺せ。殺しまくれ。女どもを犯《や》れ。

子を残せ。

俺たちの血を。

モーギス家の特別な血を。

もし父があといくらかでも死なずにいたら、こんな、もんかって、感じで、あっさりくたばってしまわなければ、ジン・モーギスは息子として囁《ささや》いてやったかもしれない。

わかったよ、親父。

安心して逝けばいい。

しかし、もうモーギスはここにいる、と。

モーギスはここにいる。モーギスは睾丸を失ったひとひねりの糞、ジン・モーギスだけなのだ。

「まだそのときではない……！」

ジン・モーギスはさかんに両脚で馬の腹を圧迫して急がせた。地表は黒い海ではなかった。黒い流れが縦横無尽に走っているが、黒いもので埋め尽くされてはいない。黒い流れと黒い流れの合間をモーギスの馬はひた駆けに駆けた。

どこに向かって逃げているのか。方向転換に方向転換を重ねて、もはや後戻りしているのではないか。

いいや、逃げる。逃げてやる。

南部でも何度となく死にかけた。モーギス家の糞息子は新兵時代から容赦なく最前線に送りこまれた。前線部隊にはルミアリスの神官もろくにいない。負傷したら兵同士が手当てし合う。熱病に罹《かか》れば木陰に寝かされてほったらかしにされる。やたらと蒸し暑いので鎧《よろい》など着ていられない。裸同然の恰好《かっこう》で密林をうろつき、襲ってきた蛮族を殺し、飲み水、食い物を奪い取る。蛮族だけではない。ときに物資を巡って戦友も敵となる。味方の兵士に何回か殺されかけた。もちろん反撃して殺してやった。

黒鹿毛の馬はだいぶ汗をかいてへばっている。

ジン・モーギスはついに振り向いた。

黒外套《がいとう》が一人だけ、必死に馬を御してモーギスについてこようとしている。とはいえ二十メートル、いや、三十メートルほども離れているだろうか。

「総帥閣下ァ……！」

黒外套が声を裏返らせて叫んだ。黒外套の馬が前脚をがくっと折ってつんのめる。その拍子に黒外套の体が鞍《くら》から離れて空中に投げだされた。

またたく間に黒い流れが押し寄せてきて黒外套の馬をのみこんでしまった。

「あれは――」

モーギスは目を瞠《みは》った。

黒外套の馬をのみこんだ黒い流れに、何かが乗っている。

それもまた、黒い。

闇夜を纏《まと》っているかのような黒々とした何かが、黒い流れの上に立っている。

まるで、人のような――と、モーギスが思ったのは、それが右手に短めの剣を、左手には鈍い銀色の光沢を帯びた盾を持っていたからだ。

闇夜纏いが剣を振るった。闇夜纏いの剣は、宙を舞っていた黒外套をやすやすと両断してのけた。

黒い流れに乗って、闇夜纏いが追ってくる。

モーギスは前に向き直った。我知らず笑っていた。笑いつづけた。

おそらくモーギス家は呪われている。この世界がモーギス家の血を根絶やしにしようとしているのだ。滅びこそが運命なのだろう。

それがどうした。

殺せるものなら殺してみるがいい。我が血は特別だ。まだ死にはしない。生きてやる。

生き延びてみせようではないか。

0110A660・王の歴史

オーク全氏族を束ねる氏族の中の氏族、ゴーグン氏族の長にして偉大なる種族オークの王、王を超える王として大王と称するディフ・ゴーグンは煩悶《はんもん》していた。

本来は、ネヒの砂漠とエンノ＝ザッド山脈に挟まれた黴《グアド》の原を流れる母なる大河《ドハッ・アモー》、その畔《ほとり》に建設された父なる大都《ガシュオラル》こそ、オークの大王が身を置くべき場所だ。しかし、ディフ・ゴーグンはボード野《や》の北、カンダー湖を臨む勝ち鬨の都《グロズデンダール》――かつては人間族のアラバキア王国が首都とし、ローディキアと呼んでいた都市に留《とど》まっている。

ディフ・ゴーグンはこの白い石造りの都に、オーク各氏族と破れ谷の灰色エルフ、イシ王ことイシドゥア・ローロや〝大公〟デレス・パインに従うことをよしとしない不死族《アンデッド》の諸勢力を糾合し、南征軍《オグドーン》を編制した。自ら親征する考えも頭をよぎったが、結局は右腕のワァゴ・グロァを総大将に任じて全権を委ねることにした。

ローディキアは諸王連合の軍勢によって焼き討ちされ、一度は廃墟《はいきょ》と化した。その後、オークや不死族《アンデッド》の石工、大工たちが何十年もかけて再建し、勝ち鬨の都《グロズデンダール》として蘇《よみがえ》ったという経緯がある。とりわけカンダー湖から浮き上がるように立つ白鳥城《ウエハゴラン》は、ローディキア時代の麗容を色濃く残しているという。ディフ・ゴーグンはこの城を気に入り、南征軍《オグドーン》の後方総司令部を置いて、遠征成功の吉報を待っていた。

白鳥城《ウェハゴラン》に一人のオークが駆けこんできたのは一昨日のことだった。

そのオークは南征軍《オグドーン》総大将ワァゴ・グロァより急報を託された使者だというが、城代が用向きを尋ねても決して口を割らなかったらしい。必ず大王陛下に直接お伝えするよう、ワァゴ・グロァ総大将に厳命されている、大王陛下以外には何も話せない、というのだ。城代からその旨を聞かされたディフ・ゴーグン大王は、ただちに使者を私室に招き入れることにした。

使者のオークは背丈こそ並だが、下半身が異様なまでに発達していた。聞けば、黒金連《くろがねれん》山《ざん》の麓から五十里《ベク》（約百五十キロ）以上をほぼ不眠不休で歩いてきたという。距離はともかく、道中は樹海や死せぬ死者どもがうろつくボード野など難所だらけなので、驚嘆に値する脚力だ。一芸に秀で、口が堅い。毛髪は染めずに地色のままで、大王の御前だというのに旅装すら解いていなかった。いかにもワァゴ・グロァが好みそうなオークだ。

かつてグロァ氏族はとるにたらない小氏族でしかなかった。ところが、ワァゴが長として氏族を率いるようになると、爆発的な急成長を遂げた。

ワァゴほど見栄えがしないオークもめずらしい。ことさら矮軀《わいく》なわけでも痩せこけているわけでもないのに、無残なまでにみすぼらしく見える。眼差《まなざ》しは薄ぼんやりしていて口元に締まりがない。この貧弱で愚鈍そうなオークは無力で無価値だろう。ワァゴの本性を知らなければ、誰でもそんな印象を受けるに違いない。

その実、ワァゴ・グロァは切れ者だった。目先が利くだけでなく、あれで見かけによらず腕も立つ。

ディフ・ゴーグンはワァゴと初めて会った日のことをはっきり記憶している。

互いに氏族の長だったが、当時のディフはまだ種族の王と認められてはいなかった。名高いゴーグン氏族と、零細なグロァ氏族。格こそ違えど氏族長同士なので、形式的には対等だ。こうしたときはたいてい見栄《みえ》と意地の張り合いになる。ワァゴは違った。完璧に礼儀を守り、感嘆を禁じえないほど丁重に正式な手順を踏んできたのだ。あげくにいざ対面すると、ワァゴはディフの前でひざまずいて深々と頭を垂れた。臣下の礼だった。

『我々はともに氏族を率いる身ではないか。ワァゴ・グロァ殿より俺のほうがいくらか年長とはいえ、さして変わらん。どうか面を上げて立たれよ』

『いいえ、ディフ・ゴーグン様。私はあなた様がいずれ我がオーク種族を束ねるだけでなく、全種族の偉大なる王、真の大王となられる御方《おかた》と考えております。私はあなた様にお仕えし、大王の帷幕《いばく》の末席に加えていただきたく、罷《まか》り越した次第なのです』

ワァゴ・グロァは口先だけの男ではなかった。あの恐ろしく風采の上がらないオークはどのような汚れ仕事も率先して買って出た。しかも、手の者に任せるだけでなく、自ら実力を行使することもあった。様々な事情からディフ・ゴーグンが命じるわけにはいかない用件があると、示しあわせずとも忖度《そんたく》して手を打った。

また、ワァゴは進取の気性に富んでおり、オークの種族的な宿痾《しゅくあ》とも言える血筋へのこだわりと完全に無縁だった。グロァ氏族はもはや氏族であって氏族ではない。ワァゴは他氏族のあぶれ者をグロァ氏族に迎え入れた。功績があれば混血児《グモオ》さえも取り立てた。おかげでグロァ氏族は見る間に拡大し、一躍有力な氏族となったのだ。旧態依然とした守旧派のオークたちは反感を抱いているが、今や泣く子も黙るワァゴ・グロァを表立って非難する度胸は彼らにはない。

　グロァ氏族の使者から話を聞く前に、ディフ・ゴーグンは十分な心構えができていた。これは確実に悪い報《しら》せだ。何らかの重大かつ深刻な事態が発生したのだろう。

　南征軍《オグドーン》はすでに華々しい戦果を挙げている。高慢なエルフどもが住まう影森を焼き、みじめな人間族がのさばるオルタナを陥落させた。さらにドワーフどもの鉄血王国を攻め滅ぼし、大王が待つ勝ち鬨の都《グロズデンダール》に凱旋《がいせん》する予定となっていた。

　さては、ドワーフどもにしてやられたのか。あの髭《ひげ》むさい鉄製の樽《たる》のごとき醜悪な寸胴《ずんどう》種族を侮るべきではない。彼奴等《きやつら》が難敵だということはわかっていた。とはいえ、仮に我が南征軍《オグドーン》が敗れたのだとしたら、ジャンボ率いるフォルガンの一党が土壇場で離反したのかもしれない。フォルガンは諸刃《もろは》の剣《つるぎ》だ。連中が背いたのであれば人質を殺さざるをえないが、その場合は全面対決を覚悟しなければならない。

　しかし、使者の報告はディフ・ゴーグンの想像を超えていた。

過度に驚くと、ディフは大暴れせずにはいられなくなる。十年前なら使者が話し終えるまで我慢して聞いていられたかどうか。そこは大王としてなんとか自制したが、気がつくと手近な椅子を壁めがけてぶん投げていた。あれは使者を追い出してからにするべきだったと反省している。寝台に跳び乗って破壊し、簞笥《たんす》を打ち壊したことについては微塵《みじん》も悔いていない。激昂《げきこう》してしまったときは物に八つ当たりするに限る。

ディフ・ゴーグンがゴーグン氏族の長となることは、生まれた瞬間から決まっていた。たとえディフがとんだぼんくらでも、父が死ぬまで生きてさえいれば氏族長の座を継ぐことになる。その運命は血によって定められていた。

オークは武勇の象徴である刀剣をこよなく愛する種族だが、ゴーグン氏族のオークたちは物を摑《つか》めるようになれば手斧《ておの》を渡され、親兄弟から組み打ちを習う。目の悪い者以外は弓矢の訓練を積むのもゴーグン氏族の伝統だ。忍耐と思慮深さ、そして何より礼節を重んじる。ゴーグン氏族はどの氏族からも畏敬され、信頼に足ると評価されてきた。

ところが、跡目のディフときたら、生来の癇癪《かんしやく》持ちだった。

『よりにもよって、おまえのような者が我が長子とは。先祖に顔向けできぬし、死んでも死にきれぬ』

父の嘆きもディフの怒りに油を注ぐだけだった。ディフが殴打したのは叔父や従兄《いとこ》、弟妹だけではない。父の顔面を殴りつけて取っ組みあいの喧嘩《けんか》になったこともある。

『我がゴーグン氏族は終わりだ。尊き血が古いがゆえに淀《よど》み、濁ったのだ。その結果、おまえが生まれた。おまえに罪があるとは言わぬ。すべてはおまえのごとき鬼子の親、この父のせいだ』

ならば死ね。

さっさとくたばってしまえ。

いくらディフがわめき立てて食ってかかっても、父はくだらない愚痴をこぼすだけで、やり返すことはなかった。それこそがゴーグン氏族の美徳であり、ディフにしてみれば糞《くそ》食らえだった。息子は父への嫌悪と憎しみを募らせ、父は息子の横暴に耐えつづけた。その成果と言えぬこともないのだろう。

長ずるにつれて、ディフはありあまる激情を発散する方法を習得していった。彼の度を越した情動が他者を恐れさせ、萎縮させることも理解した。感情は思索を乱すだけで、邪魔にしかならないことにも早い段階で彼は気づいていた。彼は叫んだ。泣いた。暴れた。そうすることで抑えがたい熱情を紛らせ、頭を冷やし、思考を研ぎ澄ます術《すべ》を学んだ。

一昨日から、ディフはときおり種々の決裁など大王としての責務を果たす他は、私室で物を破壊したり、大声で何かを罵ったり、白鳥城《ウエハゴラン》内を歩き回ったりしていた。彼は考えつづけていた。食事は二度したが、睡眠はとっていなかった。あの不死の王《ノーライフキング》が姿を現したというのだ。眠ってなどいられるものか。

不死の王《ノーライフキング》は百年以上前に死んだはずだ。

むろん、ディフ・ゴーグンはそのような流説を信じてはいなかった。

死ぬはずのない不死の王《ノーライフキング》、その魂が未知の毒物によって打ち砕かれた。巷《ちまた》でまことしやかに語られ、定説となっているこの風聞の出所は、十中八九、獅子身中《しししんちゅう》の虫だろう。すなわち、不死の王《ノーライフキング》によって老いることのない肉体を与えられたという五公子の一人、イシ王ことイシドゥア・ローロか、はたまた同じく五公子の〝大公〟デレス・パインか。両者のいずれかに違いない。

不死の王《ノーライフキング》殺害の汚名を着せられたのは、破れ谷の灰色エルフだ。

彼らに不死の王《ノーライフキング》を殺害する動機があるとは思えない。不死の王《ノーライフキング》を亡き者にして、いったい彼らに何の得があるというのか。しかしながら、彼らは所詮、影森のエルフと同祖のエルフなのだ。エルフは性根がねじ曲がり、腐りきっている。傲慢で陰険で腹黒なエルフにとって、おぞましい裏切りなどお手の物だろう。やったと断言することはできないが、やりかねない。当時、不死族《アンデッド》とオークの大半がそう考えたようだ。

結局、灰色エルフは破れ谷に帰り、その後数十年にわたって他の種族との交流を絶った。彼らとしては粛々と不死の王《ノーライフキング》への弔意を表すとともに、沈黙によって抗議の意を示したのだが、他の種族はそう受けとらなかった。それ見たことか。やはりやつらの仕業だった。さもなければ、黙って引き下がるわけがないではないか。

オーク、灰色エルフ、ゴブリン、コボルドといった諸族は、互いにわかりあい、固い友情で結ばれ、手に手を取りあったのではない。不死の王《ノーライフキング》という不世出の神秘的で圧倒的な存在が、抗しがたい磁力を発して諸族を引き寄せたのだ。

ディフ・ゴーグンは大王になってから博学多識なオークを集めて御伽衆《バウハッソ》とし、彼らに各氏族の伝承を読み解かせた。各地の遺跡を調査させ、人間族が残した記録まで紐解《ひもと》かせて、過去を辿《たど》った。ディフには諸族の王になるという大望がある。その実現のためには、諸王連合結成という大偉業を成し遂げた不死の王《ノーライフキング》の事績を検証しなければならない。また、諸族の成り立ちと文化、性質を探り、知り抜く必要もあった。

かつてグリムガルの平地と森の支配者はエルフだったようだ。エルフと山の民ドワーフは交わることすらなかった。ノームやゴブリン、コボルド、セントールも、それぞれ生活圏を別にしていた。そこに突如としてオークと人間族が現れ、エルフら先住種族の領域の隙間をみるみるうちに埋めていったのだ。

オークと人間族の出現については、赤の大陸から海を越えて渡ってきた、もしくは漂着したと思われる言い伝えがいくつかある。御伽衆《バウハッソ》の研究によれば、異界より来たとも解釈できるようだ。

いずれにせよ、これと前後して、人間族が光明神ルミアリス、暗黒神スカルヘルと呼んで崇《あが》める二柱の神がグリムガルに顕現し、相争った時代があるらしい。

神々はいながらにして天空と大地に影響を及ぼすほど超常的、絶対的なものだった。諸族はいずれかの神に荷担するというより従属した。神を前にすれば、平伏して付き従う以外の選択肢はなかった。

ルミアリスとスカルヘルの戦いの決着は定かではない。ともかく、二柱とも姿を隠した。それだけは確実だ。ただし、神は滅びてはいない。その証拠に、現在も光明神や暗黒神に仕える人間族は、その力のほんの一端を魔法によって引き出すことができる。

神々は去り、人間族の時代が訪れた。

人間族は徒党を組むことに長《た》け、どの種族よりも複雑で強固な組織を作りあげた。アラバキア、ナナンカ、イシュマル、クゼンといった人間族の国家は、競い合い、ときに衝突しながらも断交することなく、肥沃なグリムガルの中原に盤踞《ばんきょ》した。エルフは深い森の奥へ、ドワーフは山中へ、ノームは地中へ、ゴブリンやコボルドは未開の荒れ野へ、セントールは風早荒野《かざはやこうや》へ、そして我がオークはネヒの砂漠や灰降り台地《トウモラッソ》、黴の原《グアド》といった不毛の地へと追いやられた。

人間族と他の種族との決定的な差は何だったのか。ディフ・ゴーグンは御伽衆《バウハッソ》に議論させ、自身も考えを巡らせた。

現時点での結論は、文字だ。人間族はグリムガルに現れたときから文字を使用していたらしい。人間族が文字を持ちこむまで、諸族はそれを知らなかった。

もちろん、縄の結び目や傷の形で数を表す方法や、太陽やら水やらを表す図案などは、我がオークにせよ、エルフやドワーフにせよ、古くから用いていたようだ。しかし、言葉を記述するための体系的な記号、文字というものを発明、もしくは発見して活用しはじめたのは人間族だった。

エルフやドワーフは人間族の文字を猿真似《さるまね》して言語を整備した。我がオークに至っては、不死の王《ノーライフキング》に勧められて種族の王を立てるまで、文字を呪いの印だと信じていた。

実のところ、いまだにオークの言語を表す文字には不備が多く、混乱している。これを進歩させ、人間族の文字に劣らない水準まで引き上げることは、ディフ・ゴーグンが自らに課している使命の一つだ。そのために言語院《アモゴード》という機関を立ち上げ、御伽衆《バウハッソ》の中から有為の人材を選び出して院長《ドルボ》に任じた。一人のオークとして公言することはないが、我が種族オークの文明は発展の途上にあるとディフは認識していた。

明らかに人間族の王国は他種族より先進的で、優位に立っていたのだ。その現実を受け容《い》れられなかったエルフどもは、持ち前の陰険さにのみ磨きをかけて内輪《うちわ》揉《も》めに明け暮れ、同胞の一派を森から追放してしまった。ドワーフどもは酒を飲んで憂さを晴らし、穴掘りで汗をかいて己の救いがたい愚昧さを忘れようとした。ノームは地の底に逼塞《ひっそく》した。ゴブリンやコボルドは蛮族扱いされ、なすすべなくほっつき歩いた。セントールたちは野を駆けずり回っていれば、ちっぽけな自尊心が傷つかずにすんだ。

不死の王《ノーライフキング》がすべてを一変させた。

ディフ・ゴーグンはその手腕から学ぶべきところを学ばねばならない。不死の王《ノーライフキング》についてはたいがいの者より詳しいつもりだ。しかし、あの存在には不明な部分が多い。あまりにも多すぎる。

百年と少し前まで健在だったわけだから、不死の王《ノーライフキング》その人を直接知る者もいる。まずは五公子。ディフはイシ王ことイシドゥア・ローロ、〝大公〟デレス・パイン、竜狩りのギャビコ、アーキテクラの四人とは面識がある。ところが、四人とも不死の王《ノーライフキング》については頑として語ろうとしない。

長命な破れ谷の灰色エルフの中には不死の王《ノーライフキング》に謁見したという者がいて、御伽衆《バウハッツ》に聴取させた。けれども、ほとんど要領を得ない。不死の王《ノーライフキング》は長身で、仰ぎ見てもその容貌は判然としなかったという。種族も貴賤《きせん》も問わず、誰とでも親しく語らったらしいが、そのわりには人となりがうかがえるような逸話はなかなか見つからない。

不死の王《ノーライフキング》はイシュマル王国の大軍が万本の矢を放っても平然としていたという。杖《つえ》を掲げて一振りしただけで天地を揺るがし、ナナンカ王国の主力軍を崩壊させた。アラバキア王国侵攻戦の先陣を切ったのは不死の王《ノーライフキング》率いる不死族《アンデッド》の恐怖軍団《テラーズ》だ。真に恐れ知らずの彼らは、敵にとって恐怖そのものとなる。いかなる戦いも不死の王《ノーライフキング》が指揮すれば敗北はない。味方が劣勢となっても、不死の王《ノーライフキング》が援軍を連れて駆けつければたちまち盛り返す。

確かな記録はない。

すべて口承だ。

調べれば調べるほど、ディフは疑念を抱かずにはいられなくなった。

果たして、不死の王《ノーライフキング》は実在したのか。

いや、不死の王《ノーライフキング》と呼ばれている何ものかがいて、グリムガルの歴史を大きく動かしたことは間違いない。その痕跡、証拠はいたるところに残されている。だが、その不死の王《ノーライフキング》とは、我々が聞き知り、思い描いてきたような存在なのか。ひどく歪《ゆが》められて実像からかけ離れてしまっているのではないか。業績が輝かしすぎたせいで、過度に美化されたのかもしれない。そもそも、百年前にはちゃんとした文献が作られる環境がなかった。事実を正確に伝達する素地がなかったのだ。おそらく、ありのままの事実を後世に伝えねばならないという感覚すら、誰も持ちあわせていなかっただろう。

一方で、ディフはこうも考えた。

不死の王《ノーライフキング》はまったく不世出の神秘的で圧倒的な存在で、我々と比較しても意味がないような、超常的、絶対的な何ものかだった。それがグリムガルに出現し、歴史を変えたあと、経緯は依然として不明だが、我々の前から姿を隠した。これは何かに似ていないか。

不死の王《ノーライフキング》の軌跡は、光明神ルミアリスや暗黒神スカルヘル、つまり神々のそれと似ているとは言えないだろうか。

神そのものかどうかは措《お》くとしても、不死の王《ノーライフキング》は神のごとき存在なのかもしれない。

ルミアリスとスカルヘル、二柱の神が去ったのちもある種の力をグリムガルに及ぼしているように、不死の王《ノーライフキング》もまた、闇が死者に仮初めの魂を与えるおぞましい呪いという形で現世に影を落としている。数百年後、不死の王《ノーライフキング》は神の一柱として語り継がれているかもしれない。ルミアリスとスカルヘルにも、ひょっとすると不死の王《ノーライフキング》にまつわるそれのような物語があったのかもしれない。

死することのない神のごとき不死の王《ノーライフキング》は、死んでなどいない。光明神と暗黒神のように、ただグリムガルから去ったのだ。ディフ・ゴーグンは不死の王《ノーライフキング》を歴史の登場人物として認識していたが、それは間違いだった。歴史書が記されていない先史の時代、いわば神話に属する存在なのだ。

不死の王《ノーライフキング》はいつの日か蘇《よみがえ》るだろう。そんな言説を一度たりとも耳にしたことがない者はまずいまい。ディフ・ゴーグンも子供の頃から飽きるほど聞かされたものだが、皆、本気で信じているのか。不死の王《ノーライフキング》が不死族《アンデッド》を生んだ。不死の王《ノーライフキング》のおかげでオークは最大の勢力を誇る種族となった。人間族は這々《ほうほう》の体《てい》で南の辺地へと逃れ、エルフは陰気くさい森で、ドワーフは臭い穴の中で、じっと息を潜めているしかない。諸王連合は事実上、崩れてしまったが、百数十年前と比べれば楽園のようなグリムガルがここにはある。発展、改善の余地はあるにせよ、不死の王《ノーライフキング》の出る幕ではない。我々の時代なのだ——。

一両日、御伽衆《バウハツゾ》に諮問もせず、誰にも相談しないで悩みに悩み抜いた末、ディフ・ゴーグンは私室の壊した調度を小姓《ザウバ》に片づけさせ、愛妾《マゴオ》を呼んで身支度を手伝わせた。ディフは正妻の他に愛妾《マゴオ》が三人おり、うち一人のパキャニを白鳥城《ウエハゴラン》に連れてきている。オドハ氏族のパキャニは緑と黄に染め分けられた髪の毛が艶《つや》やかで、かなり背が高い。肩が張り、首が長く、乳房と腰回りがしっかりしている。ディフ好みの美女だ。

ディフが大鏡の前に立つと、パキャニはてきぱきと衣服を脱がして全裸にし、頭髪を櫛《くし》でとかしはじめた。ゴーグン氏族の習いで、ディフは毛髪を赤と青に染め分けている。鋏《はさみ》を使って眉毛と髭《ひげ》を整えるパキャニの流麗な手つきがディフの情欲をそそった。もっとも、精を放つときではない。

パキャニはディフに橙色《だいだいいろ》の衣を着せ、黒の羽織《カガダ》に、白、赤、青の三色染め外套《ムガツサドイ》をまとわせた。光沢のある腰帯の右に宝剣を、左にゴーグン氏族伝来の手斧《ておの》を差す。パキャニは上背があるので、ディフがわざわざ屈《かが》まなくても頭頂に金の大王冠を載せることができる。両手の五指に嵌《は》める指輪と手の甲まで覆う腕輪は、いざというとき殴打力を増す武器にも、防具にもなる。

ディフはパキャニに見送られて私室を出ると、ただちに御伽衆《バウハツゾ》を召集するよう小姓《ザウバ》に命じた。幕室《トナク》と呼んでいる大王用の会議室にディフが到着する頃には、白鳥城《ウエハゴラン》に随伴している御伽衆《バウハツゾ》七人、その全員が絹座布団《ギャブ》に腰を下ろしてあぐらをかいていた。

「ワァゴ・グロァより報《しら》せがあった」

ディフは宝剣を床に置き、絹座布団《ギャブ》を二つ重ねてその上に座るなり切りだした。

「南征軍《オグドーン》は鉄血王国に攻め入り、落ち延びようとした鉄塊王以下要人をフォルガンが討ちとった――が、しかし、不死の王《ノーライフキング》を名乗る人間の女とおぼしき者が現れ、奇怪な術によって黒き魔物を呼び寄せたため、いったん兵を収めざるをえなかったとの由《よし》」

御伽衆《バウハッソ》の七人は壮年から老年のオークたちだ。七人が七人とも息を呑み、口を開こうとしなかった。

ディフは使者がもたらした情報をそのまま彼らに教えた。

不死の王《ノーライフキング》を名乗る人間の女はフォルガンと以前、接触があること。どうやらオルタナの義勇兵らしい。だが、アラバキア王国の開国王エナド・ジョージの名を口にしたり、自身はエナドでありエナドは自身であるなど謎めいた言動があった。

さらに、不死の王《ノーライフキング》を名乗る人間の女は、フォルガンが殺害した別の義勇兵らしき人間の男女二名を蘇生させた。

不死の王《ノーライフキング》を名乗る人間の女が招き寄せたと考えられる黒き魔物の正体は不明だが、方々から次々と押し寄せ、尽きることがない。

しかとは確認できていないものの、不死の王《ノーライフキング》を名乗る人間の女は鉄血王国内に移動したと思われる。黒き魔物はどこからかやって来て、鉄血王国に集いつづけている。

「人間を蘇生させた、とは……」

最年長の御伽衆《バウハッソ》がようやく言った。

「もし仮に万が一、それが事実であるとするならば、もはや神の御業《みわざ》──否、かの光明神ルミアリスですら復活の恵みを与えることはでき申さぬぞ。だが、もしその人間の正体がまさにあの御方であるなどということがありえるのだとしたら……」

　ディフが辟易《へきえき》して怒鳴りつける前に御伽衆《バウハッソ》の中から「迂遠《うえん》な！」との声が上がり、それをきっかけに激しい討議が始まった。ディフは黙して聞き役に回った。

「そも、あの御方の再来を予言する者は古今少なからずいた──」

「とりわけ不死族《アンデッド》たちの間では、遠からずいよいよあの御方が、と……」

「予言など所詮は戯《ざ》れ言《ごと》にすぎぬ。しかし、その兆候は……」

「イシ王は数年来、本拠の不死の天領《アンデッドDC》から一歩も出ておらぬ」

「居城エヴァーレストの王の間に、あの御方の御遺体が安置されているともいうが──」

「イシ王め、大王陛下の使いの者すらエヴァーレストには立ち入らせぬのだ」

「第一、不死族《アンデッド》の生誕が謎ではないか。もともとあの御方が生みだしたというが──」

「あの御方がお隠れになってからも、不死族《アンデッド》は減るどころか殖えておるのだからな」

「八方手を尽くして探りを入れようとしても、不死族《アンデッド》中枢の内情が皆目窺《うかが》えぬ……」

「不死族《アンデッド》の中にも上層への不信が根強くあるのだ」

「それがために大王陛下に与《くみ》する不死族《アンデッド》もおるわけだから、我が方にとってみれば、痛《いた》し痒《かゆ》しだが――」

「あの者らは一枚岩ではない。イシ王と〝大公〟さえ直接顔を合わせぬ仲だとか……」

「それにしても、北辺で氷竜狩りにうつつを抜かしておるというギャビコはともかくとして、アーキテクラの動きがまるで掴《つか》めぬのが――」

「あの御方の魂は、行方知れずのアインランド・レスリーに保護されておるともいうぞ」

「やはり――」

「あの御方が弑《しい》されるわけがないのだ。不死の魂ならば打ち砕く術《すべ》もない……」

「その魂は、何者かによって、いかなる手段によってか運び去られ、守られていた……」

「アインランド・レスリー――」

「五公子は、ひとたび死してのち、あの御方がもたらした奇跡によって忠実な臣下として生まれ変わったとか……」

「イシ王――」

「イシドゥア・ローロは、アラバキア開国王エナド・ジョージを暗殺せんと試み、実権を奪ったイシドゥア・ザエムーンの子孫だとされておる」

「もとは、人間……」

「人間だったのだ。あの御方が生まれ変わらせ、自らの従者と化さしめた」

「待て、あの御方を名乗る人間の女は——」

「自分はエナドであり、エナドは自分だと……」

「つまり、その言を真とするならば、あの御方の正体は……」

「アラバキア王国の開国王」

「エナド・ジョージ——」

「人間……」

「人間族の王が、何らかの方法で超常的な大いなる力を身につけ、あの御方となり——」

「そして、我らオークなど諸族をとりまとめ、アラバキアを初めとする人間族の王国をことごとく攻め滅ぼした」

「だとするならば——」

「復讐《ふくしゅう》……」

「一人の人間が巨大な力を手に入れ、自らを裏切った同族たちに報復した……」

「我々は体よく利用された——ということなのか……」

「だが、あの御方の偉業がなければ、今もって我らオークは——」

「いいや、我らの知的水準は人間族にひけをとるものではない。身体の頑健さ、強靱《きょうじん》さは言うまでもなく勝っておる。いずれ我らオークは黴の原《グアドトウモラッゾ》や灰降り台地、ネヒの砂漠を抜けだし、人間族の領土を奪い取ったことだろう」

えるのだ」

「徽《グァド》の原や灰降り台地《トウモラッソ》、ネヒの砂漠での暮らしを実際に知らぬから、そのような寝言を言えるのだ」

「当時の我が種族は、その日の糧を得ることに汲々《きゅうきゅう》としていた。我らオークが今も重んじる血の結束は、あの地で生き抜くための唯一のよすがだった……」

「あの御方が身一つで灰降り台地《トウモラッソ》、徽《グァド》の原、ネヒの砂漠を旅し、我々に声をかけ、我々の手をとり、ともに立たんと呼びかけなければ、我らオークはまだ――」

「あの御方なしで、我らオークの現在はない……」

「たとえ、その正体が人間だとしても――」

「不死の王《ノーライフキング》が」

ディフ・ゴーグンが重々しく声を発すると、御伽衆《バウハッソ》は途端に口をつぐんだ。

「人間であったのだとしても、その威光にさしたる傷はつかぬ。今、人間の女が我こそは不死の王《ノーライフキング》であると名乗り、何らかの超常力を示せば、ひれ伏す者はいよう。おそらく少なくはない。不死族《アンデッド》ならばたいていは無条件で従うであろう。灰色エルフはどうだ？　彼らは濡《ぬ》れ衣《ぎぬ》を着せられ、不遇をかこつことと相成った。だが彼らは元来、偉大なる不死の王《ノーライフキング》を哀悼すべく破れ谷に帰ったのだ。彼らなりの流儀で喪に服した。彼らは本心を見せぬ。天性の背信者であるかのようだ。しかし、不死の王《ノーライフキング》との間には信義というものがあったのだろうな」

　ディフも灰色エルフを厚遇してきた。破れ谷の王ツァルツフェルドとは何度も会っているし、その幼馴染《おさななじ》みにして片腕であるメルデルハイドは副将の一人として南征軍《オグドーン》に参加している。だからといって、灰色エルフがオークに従属しているわけではない。良く言って、さしあたり利害が一致している同盟者といったところだ。

　当然、メルデルハイドも不死の王《ノーライフキング》が再来したことを知っているに違いない。たぶん、密《ひそ》かにツァルツフェルド王に伝えようとするだろう。破れ谷はどう動くか。ディフ・ゴーグン大王と不死の王《ノーライフキング》、いずれかを選ばざるをえない局面を迎えたら、灰色エルフの王は何を考えるだろう。オークの大王に付いたほうが得だと判断するだろうか。

「我が種族オークはどうだ？　このディフ・ゴーグンと、不死の王《ノーライフキング》。オークたちはどちらに重きを置く？」

　七人の御伽衆《バウハツソ》は揃《そろ》いも揃って一言も発しない。気まずそうに下を向いてしきりと目をしばたたかせている者や、うなだれて頭を抱えている者までいる始末だ。一両日、たった一人で考え抜いた上でなければ、ディフは我慢できず大暴れしたことだろう。

　ゴーグン氏族の忌むべき鬼子として、それでいて長として氏族を率いねばならない者として、氏族という血と古くさい伝統のしがらみを憎悪し、その不合理に怒る者として、種族の未来を憂う者として、一人の野心家として、知恵の限り理想を追う者として、ディフは冷徹な目で現状を把握し、冷静に決断を下さねばならない。

「恐れながら……」

最年長の御伽衆《バウハッソ》が濁った目で大王を見すえ、やや聞きとりづらい不明瞭な声で言った。

「大王陛下に背くなどとはとうてい考えようもないことですが、あの御方――不死の王《ノーライフキング》になびくとまでは申せぬとしても、心惹《ひ》かれる向きも皆無であるとは思われず、まことに恐れ多いことながら……大王陛下に面従腹背しておるけしからぬ者どもも、おらぬとは断言しかね……が、これはむろん、大王陛下に何らかの瑕疵《かし》がおありになるということを意味するものでは断じてなく――」

「もうよい！」

ディフはため息をついた。一瞬、頭に血が上ったが、間一髪のところで自重した。

「南征軍《オグドーン》は本隊と別隊に二分する。ワァゴ・グロァ率いる本隊は引きつづき黒金連山《くろがねれんざん》の麓に留《とど》めて不死の王《ノーライフキング》を監視させ、接触の機会を探らせよう。フォルガン及びザン・ドグランにもワァゴの手許《てもと》に残す。フォルガンは裏切りさえしなければ有用だ。ザン・ドグランについては忠誠を見極めたい。別隊は副将マガ・オドハに率いさせ、メルデルハイドとともに勝ち鬨の都《グロズデンダール》へと帰還させる。ワァゴ・グロァから要請があれば増派を検討しよう」

御伽衆《バウハッソ》の七人は一斉に両手で己の腿《もも》を打ち、異存がないことを示した。

ディフは満足げにうなずいてみせたが、内心では感情の海が波立ちはじめていた。

「いくつかの氏族、それに灰色エルフには目を光らせねばなるまいな」

不死の王《ノーライフキング》が神のごとき存在であるならば、ディフ・ゴーグンはその伝説を利用するつもりだった。不死の王《ノーライフキング》になりかわることはできないとしても、足跡を辿《たど》り、踏襲すべきところは踏襲して、改めるべきところは改める。とくに不死の王《ノーライフキング》が掲げた諸王連合という旗印は使えるだろう。

もちろんディフが目指すのは、オークのオークによるオークのための覇権だ。しかし、そのオークの概念を拡大することはできる。究極的には、種族の枠すら取っ払ってもかまわないという腹案までディフの中にはあった。彼に賛同し、理念を共有する者なら出自を問わずオークであり、それ以外の者と区別される。現実的には非常に困難だが、そこまで押し進めることができれば、ディフ・ゴーグンの名はグリムガルの歴史上、不死の王《ノーライフキング》に比肩するか、もしかしたらそれを超える存在として記録されるだろう。

だが、不死の王《ノーライフキング》は神話の住人ではなかったのだ。同時代を生きる存在だとしたら、いずれは対峙《たいじ》せざるをえない。

そのとき、ディフ・ゴーグンは不死の王《ノーライフキング》の前に膝をつくことになるのか。それとも、逆にひざまずかせることができるのか。彼にはまだ見通せなかった。

0111A660．恐れるな、臆病者よ

「……ふぃーうぅぅーゃぁぁアッーハァァーッー！」

一息つくつもりがため息をついてしまったものの、キッカワとしてはなんとかそこから奇声へと繋《つな》げて己を鼓舞しようとしたつもりだ。

しかしまあ、マッジクッソやっべぇーっすわァー、というのが正直なところで、頭の中の九割くらいを危機感と追い詰められ感が占めている。

「キッカァーッ！」

すかさずタダっちことタダの怒声が飛んできて、いやキッカーって、俺ちゃんキッカワっすよ、でもそっか、そうだよね、休んでるバヤイじゃないよね、バヤイーッス、バヤイーッスって何よとか思いながら、キッカワは階段をぬらぬらと上がってくる黒い変なやつに「をとぁっ！」と盾による一撃をお見舞いした。そうして怯《ひる》ませたところを、と言いたいのは山々だが、何しろこの黒い変なやつらは怯んだりはしないから、とにもかくにもちょっと押し返して、さらに「わぁっ！」と蹴りを入れ、剣で斬っても意味はない、何せこいつらは斬れないので、「――しょいっ……！」と剣の平でビターンとぶっ叩《たた》いてやる。

それでその黒い変なやつは階段を二段くらい降りる感じになったものの、すぐさまその後ろからまた別の黒い変なやつがぬるっと階段を上がってくるので始末が悪い。

「ざんっ……！」

長身のミモリがキッカワの右横を駆け抜けてゆき、黒い変なやつに長剣を叩きつけた。もちろん、長剣の刃は使わない。ミモリも剣の平で殴打した。魔法使いなのに、それから女性なのだが、ミモリの膂力《りょりょく》はすごい。キッカワは自分が情けなくて涙がちょちょぎれそうだった。同時に感嘆を禁じえない。ミモリは力持ちなだけではないのだ。単なる力任せではあの二刀流、もとい二剣流は無理だろう。二剣流？　二刀流でいいか？　何はともあれ、ミモリは二振りの長剣を豪快にぶん回して黒い変なやつをとんでもない勢いでぶっ飛ばし、その後ろから来ようとしていた黒い変なやつらまで巻きこんでしまった。

「アイラーヴュー！　ナイッスゥーッ！　デショーヨォー……！」

ジャストなタイミングでアンナさんが上から激賞し、激励してくれる。これがあるからトッキーズはがんばれる的なところもなきにしもあらずだ。というか、ありまくる。

アンナさんは少し前まで光の護法《プロテクション》、守人《アシスト》の光といった補助魔法もしっかり途切れさせずにかけてくれていたが、必要に応じて魔法で治療したりもしないといけないから、さすがにきつくなってきている。魔法の根源《ソース》は魔法力で、これは精神的な活力みたいなものらしい。ようするに、魔法も体力勝負に近いのだ。アンナさんが精も根も尽き果ててばったり倒れてしまったら、トッキーズはトッキーズでいられなくなる。だからアンナさんにはできるだけ休んでいてもらい、応援だけはしてもらって、みんなで踏んばるのだ。

「……がんばるんば……」

キッカワの口から少々奇妙な言葉がこぼれた。がんばるんだ、と言いたかったのだが、どういうわけか、るんだ、が、るんば、になってしまった。あと、声がめちゃくちゃ小さかった。自分の声ではないかのようだった。

二振りの長剣をさらに振りかぶろうとしたミモリがよろけて階段脇の壁に倒れかかる。

そっか、そうだよね、そりゃそうだよ、とキッカワは思う。

ミモリさんも疲れているんば。

疲れてないわけがないんば。

ないんばって何なんだよ、俺ちゃんだ、俺ちゃんの出番なんちゃいまんかい、もともとミモリさんが俺ちゃんをカバーしてくれたわけで、もともと完全に息切れしていたから引っこんでもらったミモリさんが、無理を押して俺ちゃんをヘルプしてくれたんだから、ここは俺ちゃんがいいとこ見せる場面なんちゃうんかーいっ——と、思考は駆け巡っても体が一向に言うことを聞いてくれない。悲しき夜に冷たい不甲斐《ふがい》なさを抱きしめても、一粒の涙さえ出てこないのだ。

どうしてなんだよ。

キッカワは泣きたかった。ここでなれよ、ヒーローに。どう考えても、今でしょ。今こそヒーローにならないでどうするのか。

「どけどけどけぇぇぇーぁっ……！」

タダの叫び声が響き渡らなくても、キッカワはわかっていた。違う。違うのだ。

違うんだよね。

何が違うのか？

役者が違う。

キッカワはヒーローではないし、ヒーローになることもできない。キッカワのような人間は、瀬戸際で力を発揮することができないのだ。

いや、したいよ？

俺ちゃんだって、ね？

したいさ。出したいさ。

出せるものなら出したいし、出したくてたまらないさ、だけどさ——と、キッカワは思う、というよりも、分厚くて高い壁にぶちあたってしまう。

ここぞというときに奮起できない、結局、出したくても出せないのは、出せるものがないからだ。

力がない。

才能がない。

素質がない。

ヒーローになれる者はそもそも違う。キッカワが思うに、これは努力してどうこうなるものではないのではないか。

なぜなら、努力はキッカワも人並みに、まあ、他人《ひと》には恥ずかしいので言わないが、たぶん人並み以上にしてきた。努力ではどうやってもぶち破れない、乗り越えることもできない壁があるのだ。

つまり、ヒーローはもともとヒーローなのだ。なるべくしてヒーローになる。ヒーローの資質に恵まれている。

たとえば、いっやあ、もう出し尽くしたわ、何っにも残ってないわ、カラッカラのスッカラカンだわ、という状態、常人なら完全に底を突いているが、ヒーローの場合はそうではない。

底が抜ける。まだその下がある。

干上がった湖の底から、いったいどうしたことか、水が湧きだしてくる。それどころか、噴き上がってくる。

「えろいむえっさいむわれはもとめうったえたりぃぃぃぃぃああぁぁぁ……！」

タダが摩訶不思議《まかふしぎ》な文句を大声でわめきながら階段を転げ落ちてくる。キッカワはとっさに脇にどけて壁に体を押しつけ、絶望する。何だよ。何だよぉーっ。動くじゃん、俺っちの体、言うこと聞いてんじゃーん。力、残ってるじゃーん。かっこ悪ぅっ。

タダは階段をゴロゴロゴロゴロ転落してキッカワを、そしてミモリを抜き去り、黒い変なものめがけて突っこんでゆく。黒い変なものは、光沢ゼロの真っ黒い全身タイツを着た人間、と表現できないこともない。しかし、やつが人間ではないことは明らかだ。カチカチではないが、ブヨブヨというよりはモッチリしていて、重量感はそれなりにあるものの、岩石のように重くはなく、斬れないし、壊せない。人型とはいうものの、下方がすぼまった胴体から腕のようなものが二本、脚のようなものが二本生えているだけだ。頭部らしきものはない。手足めいた部位も認められない。タダは幅二メートルもない狭い階段を続々と上がってくる黒い変なやつらに、体当たりをぶっかましたのか。

「つぁがとれあぁ……！」

いや、そうではなくて戦鎚《せんつい》をぶん回して吹っ飛ばしたようだ。

あんなふうに転げ落ちて黒い変なやつらに接触するぎりぎりのところで立ち上がり、抱えていた戦鎚を扱ってみせるというのは、もうタダにしかできない芸当だろう。まさにオンリーワンというか。

キッカワに言わせてもらえば、あんなの人間業じゃねーっす。

普通できない。ンン？　普通？

ノーノーノーノー。

普通じゃなくたって、できるわけないっしょ。

「んなはあぁっ！　ぼいとれぇっ！　さばぁっ！　しめさばぁぁっ……！」

　タダが戦鎚を振るうたびに黒い変なやつらが叩き落とされる。タダの戦鎚は黒い変なやつらだけではなく、壁に、階段にもぶつかる。ぶち砕かれた石材が嵐のように飛び散っている。ウワーオ！　チャーオ！　いや、チャーオは違うか、すっげぇぇ――と、キッカワは感心して見とれていていいのか。

　いいはずがない。

　タダは戦鎚使いだ。根っからの戦鎚好き、戦鎚愛好家、戦鎚マスターが、戦士から神官に鞍替《くらが》えした。なぜか。怪我《けが》をしたときにいちいちアンナさんの手を煩わせるより、自分でちゃちゃっと治してしまえたほうが楽だからだ。思うぞんぶん戦鎚を使って暴れ回りたいので、神官になった。

　もっとも、タダはそう大柄ではない。脱ぐとすごい。筋肉はやばいが、実はパワーファイターではないのだ。

　タダが汗だくになって戦鎚をやたらとゆっくり振っている姿を、キッカワは何度となく目にした。何回も何回もそれを繰り返して、徐々に速度を上げてゆく。

　タダは戦場でのあらゆる状況を想定し、そのための技術を考案して、反復練習し、磨き抜いて、戦鎚の使い方、戦鎚の動き、その反動、すべてを体に染みこませている。戦鎚はタダの一部になっていると言っていい。というか、タダは戦鎚で、戦鎚はタダなのだ。

「くゎはだぁっ……！　たちぅおぁっ……！　んなごぉっ……！　ぎょくぅっ……！」

そんなタダが戦鎚を制御しかねている。振りだすと、自分では止められない。だから、壁だの階段だのに当てて止める。そうせざるをえないのだろう。

もういつタダの手から戦鎚がすっぽ抜けてもおかしくない。タダのことだ。戦鎚を持ってさえいれば、息が止まるまで振りつづけるに違いない。けれども、肝心の戦鎚がなくなってしまったとしたら。それでもたぶん、タダは戦鎚を振ろうとする。

素振りだ。

キッカワは鬼のように素振りしまくるタダの幻を見た。

「タダっち……！　タダさぁん……！」

キッカワは階段を下りようとしたが、踏み外してよろめいた。

マジか、と思った。

ヒーローになれなくたっていい。ここであと一踏ん張りできればそれだけでいいのだ。

無理なのか。そんなこともできないほど、自分という人間はだらしないのか。

ほぼほぼクズじゃん。ほぼほぼじゃないじゃん。

ただのクズじゃん。

クズの決定版じゃん。

「魔ァ……！」

そのとき、何か禍々《まがまが》しい一陣の風が吹いて、キッカワという名のクズを押しのけた。

魔風はポニーテールだった。

ていうか、イヌイじゃん。

最近いくらか白髪が交じってきたポニーテールをなびかせて、イヌイが疾駆する。

「――つーか、しばらく前から行方不明だったでしょ、イヌイ……」

キッカワは呆気《あっけ》にとられた。めずらしいことではない。トッキーズあるあるの一つでもあったりするのだが、イヌイが誰にも何も告げずに姿を消してからしばらく経《た》つ。いきなり戻ってきて何をしでかすのかと思ったら、イヌイは「――ぇてはぁっ……！」とタダの襟首をガッと引っ摑《つか》んだ。

「もげっ――」

おかげでタダは首が絞まる恰好《かっこう》になった。振りきった戦鎚がドッツーンと壁に撥《は》ね返され、危うく手から離れてしまいそうになったものの、そこはタダだ。意地でも戦鎚を手放しはしなかった。

「よくやった……！」

今度は誰なのか。

言うまでもない。タダを引きずって階段を駆け上がってくるイヌイとすれ違いに、あの男が躍り出た。

「いやっ、え、嘘《うそ》っ、もう動けんの……!?」

キッカワは心底びっくらこいていた。

彼には限界というものがないのだろうか。だいたい、彼が奮闘してくれたおかげで、トッキーズはまだ持ちこたえている。彼が一番汗をかいた。血すら流した。幾多の傷を負いながらも、彼は誰より長く最前線に立ち、身を挺《てい》して仲間たちを守った。

さすがにもたない、少しだけ休ませてくれと、彼自ら申し入れたのだ。それまで負傷の手当て以外では、本人曰《いわ》く「立ったまま眠るみたいに戦いながら休む」ことしかしていなかったので、彼といえども極限状態だったのだろう。

彼が後方に下がったとき、キッカワは覚悟を決めたものだった。さすがにちょっと一休みして戦線復帰、というわけにはいかないはずだ。どう考えても当分は彼抜きでなんとかしないといけない。タダっちもだいぶつらそうだし、ミモリさんはそうとうやっべーし、なんかイヌイはいないけど、やるっきゃないよね。

できなかったわけだが。

キッカワには荷が重かったのだ。

まあしょうがないっしょ、と素直に思える。

彼が、トキムネが現れれば、そこはもう、リバーサイド鉄骨要塞内に十四基ある塔のうちの一基、九番塔の階段ではない。トキムネのために用意された舞台だ。

「さあ、準備はいいか……!?」

トキムネは光明神ルミアリスに帰依する聖騎士なので、光魔法を習得している。たぶん恍惚《トランス》の光を自分にかけ、勇敢さと強壮化の効果をえているのだろう。あとは、盾がぼやっと光っているので光盾《ルミナス》も使っている。しかし、それで聖騎士が皆、トキムネのようになれるわけではない。というか、なれっこない。

体重なんかないのではないかと感じられるほど、トキムネの身のこなしは速いだけではなく軽やかだ。黒い変なやつに肉薄して、「ヘイッ……！」と盾で殴りつけるというより押しのける。すると、黒い変なやつはふわっと浮いて飛ばされてしまう。そのときにはもう、トキムネは次の黒い変なやつに「ヘイッ！」と盾を押っつけている。なんだか軽くあてがっただけのようにも見えるし、ガツンッという衝撃音は発しない。ドムンッといったような重たい音がするだけだ。あれはいったいどうやっているのか。キッカワにはわからないが、絶妙な角度と力加減、これしかないというタイミングで盾を使っているのだろう。盾だけではない。トキムネは長剣をくるっと回して、「ヘイッ！　ヘイッ！」と黒い変なやつらをすくい上げるように押し返してゆく。無重力じゃん。いや、無重力ではないのだろうが、まるで重力を無視しているかのようだ。トキムネはスッ、ススッ、スススッと適宜、立ち位置を調整している。その動き方とかほとんど瞬間移動じゃん。

「ヘイッ！　ヘイッ！　ヘヘヘイッ！　ヘヘヘイッ！　ヘヘヘヘェーイイ……ッ！」

「……トキムネ・オンステージじゃーん」

キッカワはつい笑ってしまった。笑いすぎて、涙が出てきた——のではない。いくらなんでも、そこまで馬鹿笑いしてはいない。それなのに、どうしてキッカワは涙ぐんでいるのだろう。

俺ちゃん、感動しちゃってるのかな？

まずキッカワはそう疑った。トキムネはトッキーズの看板で、もちろんリーダーで、カリスマで、みんなのパパ的存在で、超弩級《ちょうどきゅう》の聖騎士で、真《リアル》にヒーローだ。あらためてその絶大なスター性に胸を打たれている。

そうなのか？

「ミモリ、キッカワ！　いったん後退する……！　いけるな……!?」

トキムネが長剣と盾で黒い変なやつらを押し戻す手を止めず、というか、手だけではなく全身運動を少しも滞らせずに叫んだ。

「——ぅふぁい！」

ミモリはすぐさま身をひるがえした。体はだいぶ重そうだが、それでもどうにか動けている。動けてる、じゃねーだろ俺ちゃん。キッカワは胸の裡《うち》で自分を叱りつけながら、階段を上がりはじめた。

「了解ッ！　ラジャッ！　アイアイサァーッ……！」

できるだけ陽気な声音で応じたつもりだ。明るく、前向きに、ウルトラハッピーで、スーパーポジティブに。それだけがキッカワの取り柄なのだ。他には本当に何もない。ハートに火を点《つ》けるより毛を生やせ。ボーボーなハートでゴーゴーゴーだ。

そのはずなのに、なぜ涙が止まらないのか。

キッカワは程なくミモリに追いつかれてしまった。ミモリは横のキッカワを見て、明らかにぎょっとしていた。塔内灯火が照らすミモリの目がありえないくらい大きく見えた。

「大丈夫……!?」

「ヘルシンキ……!」

キッカワはとっさに全開の笑顔を作って答えた。自分で言っておいて、ヘルシンキって何だろうな、と思う。泣いちゃってるんだよな、俺ちゃん。泣きつつ笑うって、そうとうキモくないっすかね？　キモいよね。キモいわぁー。キモキモだわぁー。

無になれ。

キッカワはそう念じた。何も考えたくない。何も感じたくない。無でいい。無になってしまいたい。

階段を上がる。ミモリは先に行ける。キッカワを置いてゆくこともできるはずだ。それなのに、行ってくれない。キッカワのことを心配しているのだろう。ミモリに気遣われるとは。背は大きいからお姉さんっぽいが、キャラ的には妹寄りのミモリなのに。

しばらく階段を上がると、踊り場のような場所が見えてきた。そこには通路の出入口がある。リバーサイド鉄骨要塞に十四基ある塔は、それぞれが連絡橋で結ばれているのだ。橋と呼ばれてはいるものの屋根付きなので、ようするに連絡通路だ。その連絡通路の手前にアンナさんとタダ、イヌイがいた。

「ハリアッ……！　ミモリーン、クソキッカワ！　急ぐデショーヨォーッ……！」

アンナさんがすごい勢いで手を振っている。キッカワはそのときになってようやく後ろが気になった。

「トキムネは……!?」

「テメーはいィーからクィックリィー上《のぼ》ってきやがれデス……！」

「言い方……！」

キッカワはかっとなった自分に愕然《がくぜん》とした。アンナさんに何か言われて頭にくるなんてかなり変だ。アンナさんの言葉はどんなものであってもありがたくうけたまわる。それがトッキーズの不文律なのだ。

無になれ。

あらためてキッカワは念じた。マジで無になれ。頭の中を無にするとかではなく、自分という存在を無にしたい。こんな自分は無になったほうがいい。キッカワはまた涙が溢《あふ》れてくるのを感じた。むしろ、無になるべきだし、無に帰さないとだめだ。

みっともなくて仕方ないが、キッカワはむせび泣きながら階段を上がって連絡通路に駆けこんだ。連絡通路を渡り終えて、別の塔に足を踏み入れたところでこけてしまった。

「──ふぉげっ……!?」

キッカワは前のめりになって石の床に突っこんだ。顔面は盾で庇《かば》ったが、起き上がれそうな気がしない。

「邪魔だ、クソが……!」

タダに蹴飛ばされても、キッカワは倒れこんだまま動かなかった。イヌイか誰かがキッカワを引きずって物みたいに移動させた。

「よし、いいぞ……!」

トキムネの声がして、キッカワはぼんやりと思う。

あー……。

よかったぁ。

──と。

トキムネが一人だけ残ったのではなかったのだ。まあ、あたりまえのことなのだが。もしかして、あのトキムネが「ここは俺に任せておまえたちは行け!」的なことをしたのではないかと、一瞬でも考えたキッカワがおかしい。だって、違うよね? そういうのって、トッキーズじゃないわけじゃん?

トッキーズは違うのだ。どんなに激ヤバでも、ちゃっかりしっかり全員で切り抜けてしまう。それがトッキーズの持ち味なのだ。たしかに自己犠牲はかっこいいし、尊い行為なのかもしれないが、それで仲間に助けられてしまったほうはたまらなかったりするわけだし、結局、みんなで生き残るのが一番いい。だから、あくまでそれを目指すのがトッキーズ・イズムなのだ。

つまり、トキムネ劇場開演の目的は、最初から仲間たちを後退させるための時間的猶予を作ることだった。トキムネは黒い変なやつらを押し下げ、その間に皆を下がらせると、当然、自分もちゃんと階段を上がってきた。そして連絡通路を駆け抜け、今、物の見事に仲間と合流した。そのあとはタダの仕事だった。

キッカワも身を起こして「――っっ……！」と腕で涙をぬぐい、タダの破壊活動を目の当たりにした。

「ぬぁかおちぃーえあああぁぁっ……！」

タダは塔内で前方宙返りをし、連絡通路の床めがけて戦鎚《せんつい》を叩《たた》きつけた。輪転破斬《サマーソルトボム》。あれは戦士ギルドが重装式戦闘術の一つとして教える戦技《スキル》だ。キッカワも習得しているが、使うことはめったにない。あれは回転力と体重をうまく乗せるのが難しいのだ。体力の消耗も激しいし、外しやすい。タダの当て勘は天性のものだろう。まあ、床なら目をつぶっていても当てるだけは当てられるが、あんな芸当はとうてい真似《まね》できない。

「かっ……！」

タダは輪転破斬《サマーソルトボム》を命中させると同時に跳び上がり、また前宙した。

「──つぉあっ……！」

ズゴーンとぶち当てて、さらに輪転破斬《サマーソルトボム》を放つ。

「ぃわしゃっ！　とろぉっ！　ぃくるぁっ！　かぁんぱぁーちっ……！」

都合六発の輪転破斬《サマーソルトボム》を連続でやってのける。それだけで異常だ。もうあれは輪転破斬《サマーソルトボム》ではない。別枠の新戦技《ニュースキル》として扱うべきなのではないか。

しかも、これで終わりではなかった。タダは六連爆撃《シックスボム》を炸裂《さくれつ》させたあと、短い息継ぎを一回挟んだだけで、さらに戦鎚を振るったのだ。

「さぁもぉんっ……！」

向かって左側の連絡通路の壁をタダの戦鎚が一撃する。

「──ぉたてぇぇえっ……！」

次いでその逆、左側の壁も叩いた。大叩きした。

間抜けにもキッカワはてんで気づいていなかったのだが、すでに連絡通路は六連爆撃《シックスボム》で甚大なダメージを被っていたようだ。早い話、ぶっ壊れて崩れる寸前だった。左右の壁への強打によって、寸前の状態からぐっと進んだ。

どう進んだのか。

「イエエエエェェェェェェェェェェェーーーーーーーーーースッ……！」

アンナさんが力強く快哉《かいさい》を叫ぶ声は、連絡通路が一気に崩壊する轟音《ごうおん》にのみこまれてしまった。

タダはひっくり返るようにしてぶっ倒れた。いや、床に頭などを打ったりする前にトキムネが抱きとめ、やさしくそっと寝かせた。我がトッキーズのヒーローはスマートな紳士でもある。

こうして連絡通路はトキムネを追ってきていただろう黒い変なやつらごと崩落した。

トキムネは後退して休んでいる間にこの作戦を思いつき、準備していたのだ。ようするに、ヒーローは休んでなどいなかった。

トッキーズは十四基あるうちの九番塔にいた。タダが打ち壊した連絡通路は九番塔と何番塔を繋《つな》いでいたのか。キッカワはそんなことさえわからない。イヌイか。イヌイだ。きっとイヌイが調べてきた。そうに違いない。

トッキーズは九番塔の防衛を放棄し、何番塔か不明なこの塔に退避してきた。逃げこんだ先が黒い変なやつらに占領されていたら目も当てられない。

イヌイはただふらっといなくなったのではなかった。いつの間にかトキムネが指示を出していたのだろう。イヌイが偵察してきて、この何番塔かはどうやら大丈夫だと報告した。それでトキムネはこの退避作戦を実行に移したのだ。

キッカワは何も考えていなかった。

少なくとも、キッカワの脳内に有意義な思考は何一つ存在していなかった。

『あぁーうちはね？　トッキーズはほら、ファミリーみたいな？　てゆーか、ファミリーなんだよね！　パパ・トキムネ、ママ・アンナさん、長男・タダっち、長女・ミモリさん、末っ子・俺ちゃん、飼い犬・イヌイみたいな――』

同期のハルヒロにそんな話をしたことがある。

なぜかキッカワはそのときの口調、そして表情まではっきりと思い浮かんだ。声音はともかく、自分の顔は見えないし、覚えているわけがないのに。

しかし、キッカワは確信を持って断言できる。

あのときのキッカワは、間違いなくヘラヘラしていた。良くない感じに緩んでいる、なんともだらしない顔をしていたはずだ。

「……末っ子、かよ」

俺ちゃん末っ子だし、何せ末っ子だから、まあやっぱ末っ子なんで――といった具合の言い訳をしたことは一度もないはずだ。そんなふうに思っていたつもりはない。

いや、意識していなかっただけで、ずっと末っ子気分でいたのだろう。さもなければ、あんな発言がぽろっと出てきたりはしない。

キッカワはいつの間にか膝を抱えてうずくまっていた。

を上げた。

「どうした？」

トキムネに肩を叩かれなければ、いつまでもそうしていたかもしれない。キッカワは顔を上げた。

「……んでもないっす」

「世界が終わったみたいな顔をしてるじゃないか」

トキムネは白い歯をのぞかせて笑った。疲労困憊《ひろうこんぱい》していないわけがないし、少々やつれてはいるものの、ヒーローの顔つきは底抜けに明るい。

この笑顔にキッカワは勇気づけられてきた。どんな状況でも、やるっきゃないよね、やれるっしょ、と思わせてくれる。ホントすげーよ。トキムネはマジすげーんだって。憧れるよ。根っからのヒーローなんだもん。憧れずにはいられない存在だよ。

けれども今は、輝くばかりのトキムネスマイルが眩《まぶ》しいを通り越して目に痛い。胸にも痛い。つらい。きつい。きついっすわぁー。

自分は身の程というものを知らなかったのだとキッカワは痛感していた。憧れるとか、恥ずかしいっすわぁー。だって、どう考えても無理じゃんか。

キッカワとトキムネは月とスッポンほども違う。いや、月とスッポンのウンチくらい違うわけでさ。なれるわけがない。近づくことすらできやしないんだよ。俺ちゃんはスッポンのウンチなんだから。――わかってたけどね？

そうなのだ。

とっくにわかっていた。

トッキーズは異能の個性派集団だ。

その中で、キッカワは？

平々凡々だ。

キッカワだけが飛び抜けて凡庸なのだ。

強いて言えば、ごらんのとおり頭からっぽ人間で、薄っぺらで軽《かる》っ軽なアホさ加減が並外れているだろうか。軽薄なわりに面の皮だけはやたらと分厚いから、平然とトッキーズの一員面《ヅラ》をしていられるのだろう。

とはいえ、劣等感など微塵《みじん》も抱いていない、とは口が裂けても言えない。ときどき落ちこんだりも正直した。ぐっすり眠れば、だいたいどうでもよくなる。どうでもよくならなくても、自分にやれるだけのことをやるしかないっしょ。みんな、いい人だし。仲間を見捨てる可能性はっきりゼロだし。

誰も、なんでおまえは何もできねーんだ、この無能、もうやってられっか、出てけ、みたいなことは絶対に言わない。まったくしょうもねーやつだわぁー。まあ、しょうがねーわ。おまえはそういうやつだし。それも含めて仲間だし。楽しくやるのが一番だし。

それがトッキーズだ。みんな大好きだよ。かなり愛してる。

今さら、どうして？

なぜキッカワは、トキムネが言うような世界が終わったみたいな顔をしているのか。

「あぁ……――」

そっか。

そういうことか。

キッカワはやっと自分自身の心境を理解した。キッカワを蝕《むしば》んでいるのは、弱い、劣った、使えない自分への憤り、失望、仲間たちへの申し訳なさ、恥ずかしくて仕方ない、といった気持ちではない。それらの感情はたしかにあるが、根っこの部分は違う。

トキムネが言ったとおりだ。

世界が終わった。

「……だってさ」

キッカワは下を向いた。

「だって、マジで終わってない？　あんな黒い変なのがさ。何なんだよ、あれ。オルタナはあれにやられたらしいしさ。シノハラっちもダメっぽいとか。ジン・モーギスが一人で逃げてきたじゃん。あれ、あいつがリバーサイド鉄骨要塞まで連れてきたようなもんだよね。ここもうやばいじゃん。守れないよ。守れてないし。俺たちは今のところ全員無事だけど、義勇兵いっぱいやられちゃってるよね。やばいじゃん。やばいやつじゃん……」

「テメコノキッカワァ！　なァーにゴチャゴチャブルシッ……──」

アンナさんが荒らげかけた声は尻すぼみになって消えた。

「うー……」

ミモリが呻《うめ》いた。

ふぇあぁっ、ほぉぅふぉっ、ふぅねはぁっ、ぬぅはっ……といった感じの聞くだに苦しげな荒い息遣いは、タダのものだろう。

イヌイが「クッ……」と喉を鳴らした。

「魔王の時代、到来……というわけか。クッ……」

「毎度毎度よくそんなくだんねーこと言えるよな！」

キッカワは勢いよく立ち上がろうとしたが、途中で腰砕けになってしまった。

「……冗談抜きでさ。世界、終わりかけてんじゃん。状況、悪くなるばっかでさ。ここ切り抜けたって、その先は？　展望がないじゃんか。俺はいいよ？　何だろうな。どう言ったらいいんすかね。そんなにはさ。未練とかないっていうか。楽しかったしね？　毎日、楽しかったよ。いい思い出だらけだよ。みんながいたからさ。みんなと一緒だったから。俺、恵まれすぎだよ。みんなマジでありがとうだよ。みんなのおかげで悔いとかはないけど……だけどさ……終わるのは……いやだよ。世界なんて知ったこっちゃないけどさ。世界が終わるってことは、みんな死んじゃうってことじゃん。俺、それがいやなんだよ」

キッカワはまがりなりにも義勇兵として生きてきた。死に接したことはある。死について考えたこともある。自分が死んだらどうなるのか。死とはどういうものなのだろう。まあ、夢も見ないで眠るようなものかな。キッカワはそんなふうにとらえていた。普通は眠ったら目が覚める。しかし、死んだら目覚めることはない。それならべつに怖くない。

自分はいい。いつ死んだってかまわない。

けれども、仲間には死んで欲しくない。

それはだめだ。

トッキーズだし、きっと大丈夫だ。最初に死ぬのは末っ子の自分だろう。何かとんでもないへまをして、うわっ、やばっ、死ぬかも、と思った瞬間、意識がなくなる。もう死んでいる。

せめて仲間があとで笑えるような死に方をしたい。あいつアホじゃん、最後の最後までアホだったじゃん、いや笑えねーけど、やっぱ笑えるわ、みたいに思ってもらえるような、湿っぽくならないような死に様を晒《さら》したい。

キッカワはトッキーズを信じている。どこまでも信じきっている。

だから、きっと、きっと大丈夫。

みんな俺ちゃんを置いていったりはしないはず。

俺ちゃんはたぶん、何かの間違いで先に逝っちゃうだろうけど、そこは許してね。

「……これからどうするんだよ。俺はみんなに生きてて欲しいんだよ。それだけでいいんだよ。でも、望み薄っぽいような気がするんだよ。これ、世界の終わりなんだよ……」

「そうだな」

トキムネがいきなりしゃがんでキッカワの肩に腕を回した。

「俺も同感だ。世界が終わりに向かってるとしか思えない。終わりっていうのが何を指すのかはともかく、最高だな」

「――え？　最高……？」

「世界の終わりだぞ？　本当に世界が終わるんだとしたら、めったに起こらないビッグイベントだ。ワクワクしないか？」

「……いやぁ、俺はワクワクっていうか、ビクビクしてんだけど……」

「ワクワクとビクビクはけっこう似てるからな。近いところがある。ビクビクしてるんだとしたら、ワクワクに変えられる」

「それはさすがに無理があるんじゃ……」

「怖いのか、キッカワ？」

トキムネは満面に笑みをたたえ、キッカワを抱えこむようにして引き寄せた。

「ん？　怖いか？」

「……そりゃあ――ね。怖い……よ。俺は……みんなと違って、普通だし……」

「俺も怖い」

「へ？」

「これは本格的にやばそうだなと思ってる」

トキムネは淡々とした口調で話した。

「オークやら不死族《アンデッド》やらが戦争を仕掛けてきて、ただでさえまずいことになってたってのに、その上これだからな。もしかすると、グリムガルが一変するような何かが起こってるのかもしれない。それが何なのか、見当もつかない。さっぱりだ。そこもやばい。世界が終わる、か。そうだな。少なくとも、これまでの世界は終わるのかもしれない。こんなの怖いだろ。怖くなかったらおかしい」

「……けど――」

キッカワは知らぬ間に震えていた。怖い。怖い、とトキムネは言った。はっきりと言葉にした。トキムネでさえ怖いのか。

「で、でも……」

キッカワは認めたくなかった。信じられない。

「い、言ったじゃんか、ワクワクしてるって」

「そう言い聞かせてるんだ。あれはまあ、強がりだな」

「強がっ……て、トキムネ――が……？」

「先が見えないよな。その見えない先を、たった一秒でもいいから、俺はおまえたちと一緒に見たい。一秒じゃ足りないな。もっとだ。俺はおそらく欲張りなんだろう。だから、誰よりも今この瞬間を楽しまないと、もったいない気がするんだ。眠る前なんかにふと思う。それがいつかはわからないが、ぜんぶ手放さなきゃならないときが必ず来る。失うことだってあるかもしれない。そのときのことを考えると、体が痺《しび》れて、重くなって、たまらなくなる」

トキムネは生まれながらのヒーローだ。

できることなら、トキムネのようになりたい。

しかし、キッカワのような凡人とは、何もかも、あまりにも違いすぎる。どれだけ憧れても、なれるわけがない。かけ離れている。

そんなトキムネでも怖いのか。

ふとしたときに、死が頭をよぎったりするのか。

すべてを手放すことになる自分自身の死や、大切な仲間たちの死に怯《おび》えているのか。

「俺は決めてるんだ。そういうときは自分にこんな言葉をかける」

「……どんな？」

「『恐れるな、臆病者よ』」

「臆病者……って、トキムネが？」

「だってな。生きてる俺たちより、死んでいったやつらのほうがきっと多いだろ。みんな同じように生きて、死んでいったんだ。俺みたいに死を恐れて、おおっ怖ぇってブルってたやつもいるだろうが、穏やかに満ちたりた気持ちで死んでいったやつだっているだろうし、かっこいい死に様を見せつけたやつもいたはずだ。それでも、俺みたいな臆病者を含めて、みんなちゃんと死んでいった。だから、俺だって立派に死ねるさ。そう言い聞かせることにしてるんだ。やっぱり、たまに怖くなるけどな。おまえたちを失うのも、俺自身が消えるのも、なるべくなら避けたい。できるだけ先延ばしにしたい。欲深で、意気地なしなんだ、俺は」

「そんな、こと……」

キッカワは二の句が継げなかった。

トキムネには憧れても手の届かないヒーローでいて欲しかった。一方で、等身大のトキムネにたぶん初めて接して、安堵《あんど》してもいた。何だよ、ある意味異常な先天的ヒーロー体質な人だと思ってたのに、同じ人間じゃん。少し落胆しているのか。それもないとは言えない。トキムネが実は強がっていただけなら、この先、今までのようには頼れなくなってしまう。結局、甘ったれな末っ子の本性が剝《む》き出しになって、キッカワを絶句させたのかもしれない。

「戯《ざ》れ言《ごと》は終わりか？」

タダがむっくりと起き上がって一つ息をつき、首を左右にガキンガキンッと曲げた。戦《せん》鎚《つい》をぶんぶん振り回す。

「――ッシャァーッ！」

アンナさんが鋭い声を発して跳び上がり、拳を振り上げた。

「ソロソロ休憩ヨーソロデショーガァー！　いィー加減にィー!?　ネクストゥッ！　プランA発動するデスカラネー！」

「ん」

座りこんでいたミモリも、被《かぶ》っている魔法使いの帽子の位置を調整して立った。

イヌイはポニーテールの具合を確かめている。髪にはあの男なりにそうとう強いこだわりがあるらしい。

トキムネはキッカワの肩をぽんぽんと叩《たた》いた。

「行くぞ、キッカワ。みんなで世界の終わりを見届けに」

「……そうだね」

キッカワは胸の裡《うち》で呟《つぶや》いた。

恐れるな、臆病者よ、と。

トキムネとともに立ち上がったときにはもう、いつもの俺ちゃんに戻っている。戻らないといけない。

及ばずながらこのトッキーズに居場所があるとしたら、うじうじへたれ虫のキッカワではない。アホゆえに楽天的で、調子に乗ったら天まで昇る馬鹿な俺ちゃん、末っ子キッカワなのだ。

ここにいつづけるために、アホアホな末っ子役を演じなければならないのか。そのとおりだ。天然素材、ありのままで通用するほどキッカワという人間は上等ではない。だいたい、トキムネですら常に素ではないという。誰しも、かくありたい自己や、こうでありたくない自己というものがある。あれこれ偽って、周囲の者たちを、あるいは自らをも騙《だま》し、自分自身を大きく見せようとしたり、逆に小さく見せようとしたりする。

誰も彼も、かわいらしい、愛すべき人びとだ。

その中でも、トッキーズの仲間たちは抜群に愛《いと》おしい。

「五番に向かおう」

トキムネを先頭にしてキッカワたちは階段を下りはじめた。

さっきまでトッキーズがいたのは九番塔で、連絡橋を経由して入ったここは十三番塔のようだ。

十三番塔、そして六番塔は、リバーサイド鉄骨要塞内に十四基ある塔のうちでもやや特殊な役割を持たされている。連絡橋で他の塔複数と連結されているが、地上に出入口はない。そして、最上階と地下に物資を蓄えられるようになっている。

なお、七番塔と十四番塔は、地下に要塞外へと通じる隠し通路がある。しかし、十四番塔はたびたびの攻防戦で大部分が破壊され、隠し通路も使えない。

七番塔は最後の最後、とっておきの脱出路だ。地下への階段は薄い石壁の向こうにある。いざというとき、残存する戦力を結集して七番塔の隠された地下を目指し、そこから要塞外へと逃れるという寸法だ。

ちなみに、連絡橋を落とすのは基本的に禁じ手ということになっていた。各塔が連絡橋で複雑に結ばれていて行き来できる。防御側はこの構造を利用して、不利になったら退避したり、味方同士で援護しあったりしつつ、時間を稼ぐ。攻撃側にとっても、下手に連絡橋を落としてしまうと、防御側を追いきれなくなるかもしれないし、自分たちが孤立するかもしれない。

ただ、トッキーズはその禁じ手を使わざるをえなかった。ああしなければ間違いなく死人が出ていただろう。全滅していたかもしれない。

やがて踊り場的なところに出た。五番塔との連絡橋がある。どうやら連絡橋の先で戦闘が行われているらしい。

「イヌイ!?」

トキムネが訊《き》くと、イヌイは眼帯で覆っていない右目をくわっと見開いて連絡橋の向こうを凝視した。

「クッ……！」

「まさかまさかの魔眼来るゥーッ!? 来ちゃったりするぅーッ!?」

キッカワは叫んだ。ふだんどおりにシャウトできた。ちょっとだけ安心したが、タダに肘鉄をお見舞いされた。

「――ぁいでぇあっ!?」

「イヌイ《こいつ》にそんなものない」

「タダっち、後頭部はやめて!? 俺ちゃん馬鹿なのにもっと馬鹿になっちゃう！」

「ノーキュアフォーフール、バカキッカワに薬つけたって治らねーデスカラネー！」

アンナさんがウインクして親指をビッと立てると、ミモリが深くうなずいた。

「つまり、叩くといい」

「なーるほどぉー。馬鹿にはつける薬がないから叩くと――」

キッカワは一度しっかり乗っておいて、定石どおり「じゃなぁーい……！」とセルフでツッコんだ。

「五番塔にはァ――」

イヌイは低い姿勢になって両腕を上下左右にゆらゆら動かした。このポニーテールはよくこういうことをする。気持ち悪いが、見ていると癖になってくる。

「鉄拳隊《アイアンナックル》と凶戦士隊《バーサーカーズ》がいる……！　ハズだァ……！　クッ……！」

「微妙にアテにならない感じの言い方じゃーんっ……!?」

「よし、援護だ!」

トキムネが駆けだす。タダが、キッカワが、ミモリが、そのあとにアンナさんとイヌイが続く。連絡橋の先、五番塔内部の様子がほんの少し、なんとなくではあるものの見えてきた。一人、五番塔から連絡橋に半分足を踏み入れている。赤毛だ。黒っぽい毛皮の外套《がいとう》を身にまとっている。

「あのオッサン……!」

キッカワがけっこう大きな声を出したからか、その赤毛の男がこちらに顔を向けた。現役の義勇兵だとなかなかあのレベルの貫禄《かんろく》はない。オッサンっぽいとかではなく、実際にオッサンなのだ。四十年配だろう。

「援軍が来たぞ!」

赤毛のオッサンが五番塔に向かって野太い声をずっしりと轟《とどろ》かせた。一応、抜き身の剣を手にしてはいる。しかし、戦っているのかどうか。キッカワ的にああいう偉そうなオッサンには偏見しかない。

「ジン・モーギス! あんたが黒い変なやつら連れてきたくせに……!」

トッキーズはもうすぐ連絡橋を渡り終える。逆にジン・モーギスは五番塔から離れようとしていた。このままだと入れ違いになる。

トキムネが五番塔に飛びこんだ。

キッカワはジン・モーギスとすれ違う瞬間、剣でぶった斬るのはやりすぎかもしれないが、足を引っかけるくらいのことはしてやりたかった。ジン・モーギスは薄笑いを浮かべていたような気がする。

「マジムカつくわぁ……！」

けれどもまあ、そんなことをしている場合でもないからトキムネに続いて五番塔に駆けこむと、階下で義勇兵たちがスクラムを組んでいた。どうやら鉄拳隊《アイアンナツクル》と凶戦士隊《バーサーカーズ》の男たちが盾や鎧《よろい》、それから己の筋肉で壁を作って、階段を上がってくる黒い変なやつらを防ぎ、押し返そうとしているらしい。トッキーズは総員六名だが、鉄拳隊《アイアンナツクル》や凶戦士隊《バーサーカーズ》はそれなりに頭数が揃《そろ》っているクランなので、ああいう戦法もとれるのか。

どちらのクランとも親しくはないが、鉄拳隊《アイアンナツクル》のボス〝タイマン〟マックスやその懐刀のエイダン、凶戦士隊《バーサーカーズ》の〝赤鬼《レッドデビル》〟ダッキー、参謀のサガくらいは知っている。とりあえずギャングの若親分といったルックスのマックス、赤毛ではなくて髪を赤く染めている巨漢のダッキーはスクラムに加わっているらしい。階上にいる魔法使いの帽子を目深に被った男はたしか凶戦士隊《バーサーカーズ》のサガだ。

「アンナさんとミモリは下がってろ……！」

トキムネはスクラムの最後尾について男たちを押しはじめた。

「キッカワ、タダ、イヌイ！　俺たちは押すぞ……！」

「ハイサーッ……！」

「つまらん……！」

「クッ……！」

タダはかなり不服そうだったが、それでもトッキーズの男衆四人がスクラムに参加し、押して押して押して押して押しまくった。キッカワたちはスクラムの一番後ろについたはずなのに、気がつくと内部に取りこまれていた。この狭い中、前の者が後ろに下がり、後ろの者が前に出て、また前の者が後退して、といった具合に隊列を変えながらスクラムを維持しているらしい。具体的にどうやっているのか。キッカワは不思議でならなかった。というか、もみくちゃにされて苦しくてかなわない。猛烈に汗臭いし、窒息しそうだ。

いつの間にかキッカワは最前列に押しだされていた。

盾の向こうに黒い変なやつがいる。

死ぬ。死ぬ。死ぬって。

キッカワは呻《うめ》き、唸《うな》り、わめいた。死ぬ。マジで死んじゃうって、これ。やばいよ。やばすぎだって。後ろから押しすぎだって。敵より味方に殺されようとしている。そんなに押したら背骨が折れちゃうって。背骨だけじゃすまないって。全身の骨が砕けて挽《ひ》き肉《にく》になっちゃうって。ミチミチミンチくんになっちゃうって。

もう無理、マジ無理、無理の無理、無理介、無理太郎、無理――失神寸前で、キッカワは男たちに引っぱられて最前列から二列目へ、さらに三列目、四列目へ、次々と下がった。みるみる体への圧力が弱まって、息がまともにできるようになり、意識がしっかりしてきた。そうこうしているうちに、またか。またもや吸いこまれるようにして前へ、前へと、出たくないのに出てしまっている。またた。これ、嫌。嫌すぎる。前に行きたくないんだけど。後ろがいい。しかし、許されない。嫌だ。キッカワの意思など誰も斟酌《しんしゃく》してくれない。最前列に出てしまったら、ひたすら耐えるしかない。

キッカワはスクラム内を何往復かして、何回目か自分でも判然としないが、最後列に戻ってきた。

「――このままじゃラチ明かねェーぞ！」

「いつまでも防ぎきれねえ！」

誰かと誰かが怒鳴り合っている。誰と誰なのか。よくわからないが、たぶんマックスとダッキーなのではないか。二人はスクラムから出たのだろうか。

「七番を守ろうとしてたブリトニーとカジコたちは退避したらしい！」

「どォーすんだよ!?　七番塔が落ちちまったら脱出できねェーぞ!?」

「戦力を集中させるのだ！　一点突破するしかない！」

あの太い声はジン・モーギスだ。

「どうにか仲間と連絡を取り合い、いずれかの塔に集結する！　そののち、すでに破られている門から外に出るのだ！」

「ザケンナァッ！　どの口で……！」

「敗軍の将が指揮官気どりかよ……！」

マックスやダッキーがジン・モーギスに罵声を浴びせた。キッカワも文句の一つや二つは言いたい気分だったが、望んでもいないのにスクラムの中を移動しはじめていた。またまたですか。まだなんですか。さらに前に出されてしまうのか。勘弁してくんないかな。キッカワは音を上げたかったが、あきらめたらそこで試合は終了的なことを誰かが言っていたような。というか、これは試合なんかじゃない。試合より真剣で大事だ。つまり、よりいっそうあきらめるわけにはいかない。こんなわけのわからない状況で死ぬわけにはいかない。

恐れるな、臆病者よ。

みんなで世界の終わりを見届けるのだ。まだ世界は終わっていない。終わるまでは死ねない。今ここで死ぬのはもったいない。

0112A660．しあわせだった

アダチは黒縁眼鏡のブリッジを右手の中指で押し上げた。

紆《う》余《よ》曲折《きょくせつ》を経てリバーサイド鉄骨要塞二番塔にどうにか結集できたのは、アダチを含むチーム・レンジの四名と、元義勇兵団事務所の所長ブリトニー、カジコ以下荒野天使隊《ワイルドエンジェルズ》の七名、トッキーズ六名、鉄拳隊《アイアンナックル》のマックス、エイダンら八名、凶戦士隊《バーサーカーズ》のダッキー、サガら十一名、クランに所属していない義勇兵が三名と、辺境軍総帥ジン・モーギス。以上、総計四十一名だ。

この二番塔と五番塔を結ぶ連絡橋、そして二番塔と六番塔を結ぶ連絡橋も、先ほど破壊した。もはや連絡橋を使って他の塔に移動することはできない。八方手を尽くして調べたところ、地表一階の出入口から敵が侵入してきていないのはこの二番塔だけだったのだ。それで二番塔に集まることにした。

七番塔を奪還して確保し、地階の隠し通路で要塞外に出るという手もあるにはあった。しかし、連絡橋で七番塔と繋《つな》がっている九番塔、及び十一番塔も敵に占拠されてしまっている。七番塔にある隠し通路はたぶん無事だと思われるが、未確認だ。辿《たど》りついたはいいが使えない、ということにでもなったら笑い事ではすまされない。

二番塔地表一階から要塞内庭に出て、門を目指す。これしかない。

「けどよ。うまくいくのか、これ……」

丸刈りのロンがぼやく。

「うまくいかなかったら全員死ぬだけだろ」

アダチが返すと、ロンは大仰に顔をゆがめた。

「そういうこと言うなよ、おまえはさあ。士気が下がるじゃねえか」

「きみがくだらないことを言いださなかったら僕は当然の帰結に言及することもなかった。つまり、きみが悪い。きみのせいだ」

「俺に言わせりゃ口が達者すぎるおまえがぜんぶ悪い。何もかもおまえのせいなんだよ」

「理屈も何もあったものじゃないな。話にならない」

「言っとっけど、何でも理屈をこねりゃいいってものじゃねえからな？」

「理論的に物事を考えられない敗者の屁理屈《へりくつ》だね」

「あぁーマジ殴りてえ」

「やりたければそうするといい。負傷したらチビさんに治してもらう。きみの行為はチビさんに無駄な負担をかけるだけかけて、それで終わりだ」

「チビに迷惑かけるわけにはいかねえだろっ。そんなこと言われちまったら、おまえをボコるわけにゃいかねえだろうがっ」

「それもきみの判断だから尊重するよ。好きにするといい」

アダチはもう一度、右手の中指で眼鏡の位置を調整した。やかましいのはロンだけではない。アダチの身内であるレンジやチビのように特別無口な者は別としても、だいたいの義勇兵は窮屈な階段で身を寄せ合い、場合によっては押し合いへし合いしながら、軽口、愚にもつかない冗談、聞くに堪えない猥談《わいだん》などに興じている。

「チビ」

レンジがチビの頭に大きな手を置いた。

「平気か」

「……ぁぃ」

チビがこっくりとうなずいてみせても、レンジは手をどかそうとしない。

もともとレンジは愛想のいい男では決してないし、今は亡きサッサに対してもわりと冷淡だった。しかし、チビへの信頼は厚すぎるほど厚い。チビには一貫して親切だ。

それにしても、赤い大陸をあとにしてグリムガルに帰ってきてから、レンジはよりいっそうチビにやさしくなった。ときどき愛玩動物のような扱いをすることもある。具体的にはよくチビの頭を撫《な》でる。撫でやすいのはわかるが、撫ですぎだ。正直、目に余る。

これで相手がチビでなければ、あまり甘やかすなと釘《くぎ》を刺すところだ。何しろチビだけに、付け上がることはない。チビはとことんストイックだ。自分自身には徹底的に厳しく、他者への要求はきわめて少ない。

チビは初めからレンジに心酔している。当然、それ以上の感情を抱いているだろう。チビのような人は報われるべきだし、誰よりも報われて欲しい。

それでいて、レンジがああしてチビを思いやっている様を目の当たりにすると、もやもやしたものがアダチの心を曇らせる。

原因はやはり嫉妬なのか。

いや、間違いなくアダチはチビを妬んでいる。

その気持ちに気づいたのはもう何年も前のことだ。

最初はアダチ自身、受け容《い》れがたかった。違う。そんなわけがない。ありえない。否定しつづけるわけにはいかなくなった。ずばり指摘されたのだ。


赤の大陸。

碧海《へきかい》の向こうに浮かぶ広大な陸地が、なぜその名で呼ばれているのか。土が赤い、川の水が赤い、葉や幹が赤い植物が生い茂っている、そうした事実は一切確認できなかった。

人種はグリムガルより多様だ。有尾人《ゆうびじん》、長腕人《ながうでじん》、高耳人《たかみみじん》、三眼人《さんがんじん》、多目人《たもくじん》、鉄頭人《てつとうじん》、全毛《ぜんもう》人《じん》、棘肌人《とげはだじん》、羽骨人《うこつじん》、無影人《むえいじん》、球形人《きゅうけいじん》、等々、見たことも聞いたこともない、想像もつかないような種族の者たちがひとくくりに人間と見なされている。国は多い。大小様々で、無数とも思えるほどたくさんの国がある。数百年前に、赤い王、と称される偉大な帝王がいて、大陸全土に覇を唱えたとか。赤の大陸の名の由来は、どうもその帝王らしい。

見るもの聞くもの手にふれるものすべてが新しかった。今から思えば、チーム・レンジは柄にもなく浮ついていたのだ。

ある夜、荒野の片隅で野営していた。アダチはいつものことだが寝つけずに、天幕を出て夜空を眺めていた。サッサに声をかけられた。自分もよく眠れないのだと言って彼女は笑った。赤の大陸なのに、月が赤くないよね。グリムガルで見る月は赤いのに。サッサがそんな話をして、それ何回言うんだよ、とアダチはけちをつけた。

『ねえアダチ』

『何？　もう寝たらどう？』

『あんたさ……』

『言いたいことがあるならさっさとすませてくれないかな』

『好きなんでしょ、レンジのこと』

『……仲間だからね』

『そうじゃなくて。好きなんだよね。わかるよ。あたしもそうだから』

あたしのほうがずっと好きだけどね、と付け足して、サッサは笑った。

どうしてあのとき、認めなかったのだろう。

『……勘違いもはなはだしいよ』

アダチはごまかそうとした。それだけではない。

『そんなこと、二度と言うな。許さない』

怒りを感じていた。アダチは恥ずかしかった。いわれのない辱めを受けたのなら、次は許さない、と警告してもいい。けれども、そうではなかった。

『……ごめん、アダチ』

サッサは謝った。

彼女に謝らせてしまった。

『二度と、言わない』

あの出来事と、彼女が赤の大陸で命を落としたこととは、何の関係もない。

彼女は盗賊だった。その役割上、特定の局面ではどうしても単独で行動せざるをえなかった。もちろんそれは彼女も納得していた。ずっと一人だと寂しいけど、たまには一人になりたいし、と彼女は言っていた。

赤の大陸にはニハロイという竜種がいる。さして大きくないが、環境に合わせて体色が変化し、頭がいい。群れを作り、宝物を奪い集めて蓄える習性がある。彼女はその巣穴の偵察に出て、帰らなかった。帰れなかったのではなく、帰らなかったのではないかと、アダチは推測している。おそらく彼女はニハロイに見つかり、襲われて、傷を負った。無理に仲間たちのもとに戻れば、ニハロイの大群を引き連れてゆくことになる。彼女のことだから、それをよしとしなかったのではないか。

あまりに帰りが遅いので痺《しび》れを切らし、巣穴に突入したアダチたちが彼女を発見するのに、一日では足りず、丸二日かかった。彼女はとっくに事切れていた。生前の面影がまったくない無残な状態だった。

『かえってよかったよ』

ロンが涙を拭いながら言った。

『これじゃ生きてた頃のあいつしか思いだせっこねえからな』

僕のせいじゃない。

アダチはそう考えている。

実際、アダチとのやりとり、アダチの言動が彼女を死に近づけた可能性は皆無か、限りなくゼロに近いだろう。

ただ、あのとき認めればよかった。正直に答えたとして、何の害があっただろう。

彼女が告げ口するとでも？

ない。それは絶対にないと断言できる。彼女はそういう人間ではなかった。

二度と言うな、なんて。

許さない、なんて。

アダチは彼女にあんなことを言うべきではなかった。彼女に謝罪などさせるべきではなかった。

しかし、アダチが彼女に嘘《うそ》をつかなかったとしても、何か変わっていただろうか。

どのみち彼女はニハロイの巣穴で死んでいた。

同じことだ。

いずれにしても、アダチたちは彼女を失っていた。

だから、こんな後悔に意味はない。

それなのに、アダチは深く悔いている。

どうしてなのか。

仮説はある。

アダチ自身のためだ。

彼女に打ち明けておけばよかった。彼女は見抜いていたのだ。アダチが否定しても無駄だった。だったら、いっそ言えばよかった。

そうだよ、と。

そうさ。しょうがないだろ。気のせいだと思おうとしたけど。違う、そんなわけないって、何回も打ち消した。でも、だめなんだ。消えてくれない。この気持ちだけはなくならないんだ。ああ、そうさ。好きだよ。彼のことが好きで好きでたまらない。僕は変なのか。おかしいなら笑えよ。いいさ。僕だって笑いたいくらいだ。彼と、レンジと一緒にいたい一番の理由は、大事な仲間だからじゃない。きっと、好きだからなんだ。

彼女は笑わなかっただろう。

変じゃない、と言ってくれたに違いない。

ちっともおかしくなんかない。彼女はそう断言しただろう。

ひょっとしたら、二人は強く共感していたかもしれない。レンジは潔癖すぎるほど潔癖な男だ。誰かを愛することがあるとしたら、それは旅の仲間ではない。これはこれ、あれはあれと、はっきりした線を引かないと気がすまない性分なのだ。アダチはもちろんだが、彼女もまた自分が愛されることはないと覚悟していた。

アダチが自分を偽らなければ、彼女と打ち解けることができていたかもしれない。彼女となら、胸襟を開いて語りあうことができたかもしれない。彼女とは、仲間以上の友だち、親友のような関係になれたかもしれない。

いいや、違う。そうではない。

アダチはずっと胸の奥に秘めてきた思いの丈を誰かに聞いてもらいたかった。彼女なら受け止めてくれたはずなのに、勇気がなかった。

腑甲斐《ふがい》無い。アダチは絶好の機会を逃してしまった。ようするに、そのことを残念に思っているだけなのだろう。

彼女のために悔やんでいるわけではない。

彼女を悼むふりをする資格さえ、アダチにはないのだ。

「じゃ、そろそろ行くわよ。準備はいいわね、あんたたち？」

ブリトニーの声が二番塔階段内に響いた。姿は確認できない。隊列は下から鉄拳隊《アイアンナックル》、ブリトニー、ジン・モーギス、凶戦士隊《バーサーカーズ》、荒野天使隊《ワイルドエンジェルズ》、チーム・レンジ、トッキーズ、所属クランがない三人となっている。アダチの立ち位置から見えるのはせいぜい凶戦士隊《バーサーカーズ》の後列までだ。

「いつでもいいぞ！」

「レディー万端でショーヨーッ！」

「――ッシャァーイッ！」

「飽きた、早くしろ！」

「クッ……！」

「わっしょーい」

すぐ後ろのトッキーズが威勢よく応じると、ロンが「ずえあああぁーっ！」と馬鹿げた大声を発し、他のクランの連中も思い思いの方法で気勢を上げた。

「ウィーアァーッ！　アイアーン……！　ナッコオオォォォォォーッ！」

「イェアアアアアァァァァァ……！」

「ぶちかますぞ、凶戦士《バーサーカー》ども！」

「うらあああぁぁあああぁぁあああぁぁぁぁああぁぁぁ……！」

「もう誰も死ぬな！　私の天使たち！　いいね！」

「了解……！」

「愛してる、カジコ……！」

「燃えてやがんなあ、荒野天使隊《ワイルドエンジェルズ》！」

　ロンはなぜか舞い上がっている。なぜかというか、異性が近くにいると無駄に張り切る質《たち》なのだ。まるでモテないのに、女性が好きでたまらない。赤の大陸の全毛人や棘肌人の女性にも粉をかけていたが、ふられまくっていた。嫌われるというよりも軽んじられる。丸刈りマッチョでけっこうな強面《こわもて》なのに、人の限界値を超えてチョロい内面が滲《にじ》み出てしまっているのだろう。それどころか、ダダ漏れしている。

　レンジは無言だ。静かに気合いを入れて漲《みなぎ》らせているようにも見えない。力が抜けている。何も考えていないかのようだ。どこか植物的ですらある。

「レンジ」

　アダチが声をかけると、レンジは「ああ」と低い声で答えてからこちらに目を向けた。

「状況判断はおまえに任せる。指示を頼む」

「わかった」

　アダチはできるだけそっけなく返事をした。レンジに頼られただけで心拍数が上がってしまう自分が腹立たしい。

いつもどおり、やるべきことをやるだけだ。

サッサ。

彼女もそうだった。

それとも、彼女は何か期待していたのだろうか。レンジに尽くして、チーム・レンジのために身を粉にして働いていれば、いつか振り向いてもらえるかもしれない。そんなことはありえないと思いながらも、あったらいいのに、どうかあって欲しいと心の片隅で願っていたのか。

もしそうだったとしても、彼女を嘲笑《あざわら》うことはできない。

「誰も死なせない」

たまにではあるものの、アダチも愚かしい夢を見ることがあるからだ。

「一人でも欠けたら、僕の生存が危ういからね」

「ひょろひょろしてっからな、おまえは！」

ロンに背中を叩《たた》かれて、アダチは咳《せ》きこみそうになった。

「……きみだけはいざとなったら捨て駒にするよ」

「いいぜ。そうする必要があるっておまえが判断したら、遠慮なく言え。俺の腹はとっくに決まってるからよ」

「ぁーぅぅ！」

チビがロンに食ってかかるなんてめずらしい。ロンは「お、おう……」とたじろいで、素直に丸刈り頭を下げた。

「すまねえ。いや、でも、そういうことだってないとは言いきれねえわけだし……」

「ぅぅっ」

「ご、ごめんって。俺が悪かったって。全員余裕で突破できるようにがんばっからよ」

「……ぅぅ」

チビは首を左右に振ってみせた。ロンが丸刈り頭をひねる。

「えぇ？　何だって？」

「きみがいくらがんばったところで、さすがにそれは無理だろうってさ」

アダチがチビの代わりに説明してやったら、ロンは血相を変えた。

「はあぁぁーん……!?」

「僕にキレられてもね。きみにそこまでの実力がないと評価してるのはチビさんだよ」

「チビにはどう思われてもかまわねえけど、おまえに言われるのは我慢ならねえわ！　ちっとは人の気持ちってもんを考えろや、この眼鏡！」

「眼鏡？」

トッキーズの一人が戦鎚《せんつい》を壁に打ちつけた。あれはタダという神官らしくない神官だ。

「僕になんか言ったか、そこのブタのクソ野郎」

「おまえじゃねえし！　つうか、ブタのクソ野郎だぁ!?　やんのかこらぁ……！」

「やってもいい。どうせ勝つのは僕だがな」

「俺だよ、俺！　俺が勝つに決まってんだろうが！」

「元気でよろしい！　作戦開始よ……！」

　ブリトニーが叫んだ。途端にロンもタダも矛を収めた。隊列が動きはじめた。

　外の状況はあらかじめ連絡橋から確認ずみだ。要塞の内庭は、黒い変なやつらと、人型をなしていない這《は》いずる黒いものでほとんど埋め尽くされている。義勇兵たちはあの黒い敵性生物を押しのけて、破られた正門を目指す。リバーサイド鉄骨要塞を出たら、北東に十キロほど進めば寂《さび》し野《の》前哨《ぜんしょう》基地跡がある。現状、義勇兵たちが逃げこめそうな場所は、その近くにあるワンダーホールくらいしかない。

　安全とはとうてい言えないが、ワンダーホールの内部はいまだ全貌が明らかになっていないほど広い。というか、長大だ。なんでも北の果てまで続いているというのだから、途方もない。寂し野前哨基地跡近く以外にも地上との接点があるし、ワンダーホール経由で遠くへ落ち延びることもできる。少なくとも、不可能ではない。

　また、ワンダーホールは複数の異界と繋《つな》がっている。そうした異界の住人がこちらの世界に入りこんできたりもするので厄介なのだが、場合によってはいずれかの異界に避難するという選択肢も考えられなくはないだろう。

　それから、ワンダーホールの探索に出たまま戻ってきていない義勇兵たちがいる。彼らとなんとか合流することができれば、これは非常に心強い。

　正直、義勇兵たちは、かなり楽観的にならないと絶望するより他ないような状況に置かれていた。

　気落ちしている者、自暴自棄になっている者も中にはいるだろう。それでも全員、なんとか足並みを揃《そろ》え、これが最後かもしれない戦いに挑もうとしている。

　アダチは義勇兵の身でありながら、義勇兵全般がどうしても好きになれない。しかし、好き嫌いは別として、ここにいる生き残りの義勇兵たちは仲間だ。総力を結集しなければ一人もワンダーホールに辿《たど》りつけないだろう。

　義勇兵たちやブリトニーのような元義勇兵のことは、とりあえず仲間だと思える。

「外に出んぞォ……！」

　鉄拳隊《アイアンナツクル》の〝ダイマン〟マックスが絶叫した。

　アダチはレンジのあとについて階段を下りながら、あの男のことを考えていた。

　ジン・モーギス。

　天竜山脈の南、アラバキア王国本土から援軍を連れてやってきた赤毛の将軍。

　南征軍に攻め落とされたオルタナを、あの男は見事に奪い返した。その際、追い払ったダムローのゴブリンと急転直下、不戦の誓いを結んだとの報は義勇兵たちを驚愕《きょうがく》させた。

アダチも多少驚きはしたものの、その手があったか、とも思った。

義勇兵の大半はダムロー旧市街でゴブリンを虐殺した経験があるし、どうしても偏見を抱きがちなのだ。ゴブリンは野蛮で下等な種族だから、話など通じるわけがないと最初から決めてかかっている。

しかし、伝え聞くところによると、人間族がゴブリンと取引したのはこれが初めてではない。

今から百四十年近く前、王国暦五百二十一年のことだ。不死の王《ノーライフキング》率いる諸王連合の軍がアラバキア王国最南の都市ダムローを陥落させた。

人間族にとって最後のよりどころであり、生命線だったダムローを失ってしまえば、もはや踏み止《とど》まることはできない。アラバキア王国は天竜山脈の向こうへと完全に撤退することを余儀なくされ、ダムローはゴブリンのものとなった。アラバキア人たちは悔し紛れに天竜山脈以北を辺境と呼ぶようになり、その以南を本土と定めた。

ところが、それから三十数年経過した王国暦五百五十五年、アラバキア王国はその辺境に舞い戻ってきた。

当時、不死の王《ノーライフキング》が死去するなど、辺境の情勢は混沌《こんとん》としていたようだが、それにしても王国の派遣部隊が築き上げた橋頭堡《きょうとうほ》はダムローから近すぎた。なんと四キロ程度しか離れていない。目と鼻の先と言ってもいいだろう。この砦《とりで》こそがオルタナの起源なのだ。

きっとゴブリンは、アラバキア王国側から何らかの見返りを受けとったのに違いない。さもなくば、みすみすオルタナ建設を見逃したりはしなかったはずだ。

アダチが思うに、本土人のジン・モーギスにしてみれば、ゴブリンとの和平はそこまで突飛な発想ではなかった。ただし、言うは易《やす》く行うは難しだ。あの男には決断力と実行力がある。将としても有能で、野心家でもあるのだろう。

ジン・モーギスはアラバキア王国遠征軍の指揮官として辺境に現れた。しかし、今や王国の将軍ではない。あの男は遠征軍をアラバキア王国から離脱させた。新たな軍旗を用意し、独立軍を再編、辺境軍と銘打って、自らその総帥の座に就いたとアダチは聞いている。実状はオルタナ市長兼防衛隊隊長といったところだから、王を名乗らなかったのかもしれない。それでも、小なりとはいえ一国一城の主《あるじ》だ。――いや。だった。

あの男は城も軍兵もすべてをかなぐり捨てて、たった一人で逃げてきた。途中までは騎乗していたらしいが、リバーサイド鉄骨要塞に着いたときは徒歩だった。落魄《らくはく》の身にふさわしく悄然《しょうぜん》としていたかというと、そんなこともなさそうだ。悪びれた様子もなく義勇兵たちに指図して、嫌われ、煙たがられながらも、無視されてはいないし、排斥されてもいない。なんとなく受け容《い》れられている。

ジン・モーギスは仲間では断じてない。おそらく、あの男は自分の命以外は何でも捨てられる。マキャベリストというよりサイコパスだ。

何を企《たくら》んでいるのか。

捨て駒。

船長は沈む船から最後に退船するというが、あの男は自分の街《オルタナ》から我先に逃げだしたのだろう。部下たちを見殺しにした。それどころか、敵に食いつかせる餌にしようとまで考えたのかもしれない。まさしく捨て駒だ。

次は義勇兵たちを捨て駒にしようとしているのではないか。具体的にどうやって？　そこまではわからないが、警戒するべきだ。あの男は絶対に何かしでかす。そう考えておいたほうがいい。

もうレンジとロンが階段を下りきって二番塔の外に出ようとしている。

「──ぞぉおっ……！」

ロンが勢いよく飛びだしてゆく。レンジは走っているようにさえ見えない。イシュ・ドグランの剣を軽々と担いですっと出てゆく。

アダチとチビも内庭に足を踏み入れた。真夜中を過ぎた外気の冷たさはさして感じない。義勇兵たちはすでに敵と激しく揉《も》みあっているようだ。暗い。塔内には灯火がたくさん設置されていたが、もともと内庭はところどころに篝火《かがりび》が焚《た》かれているだけだった。それらも黒い侵入者たちによって倒されて消えてしまったのか、一つも見あたらない。塔の上や城壁の上で揺らめく篝火の光はほとんど内庭まで届かない。

「照らせ……！」

　誰かが叫んだ。鉄拳隊《アイアンナックル》のマックスか。ただちに四、五本の発光棒が飛び交った。あの棒は片端を押しこんで鞘《さや》状のキャップを外すと、約二分間燃焼して光を放つ。天竜山脈の地底に住むノームが製作した道具で、オルタナの秘具商人が扱っていた。使い捨てのわりに高価だったが、今となっては大金を積んでも買えない。貴重品だ。

　発光棒のおかげで視界がいくらかましになった。鉄拳隊《アイアンナックル》は凶戦士隊《バーサーカーズ》とひとかたまりになって正門方向へ進もうとしているのか。マックス、ダッキーがその先頭にいる。二人のそばで長い髪の毛を振り乱し、踊るような身のこなしで剣を振るっているのはブリトニーだ。カジコたち荒野天使隊《ワイルドエンジェルズ》も彼らに追随している。

「俺たちは左につく……！」

　トキムネがそう叫びながらアダチを追い抜いていった。トッキーズは先頭集団の左側についてサポートするから、チーム・レンジは逆側について欲しいということだろう。

「レンジ、右に……！」

　アダチが声をかけるより早く、レンジとロンは向かって右に進路をとろうとしていた。チビがぴったりとアダチに寄り添ってくれている。アダチはレンジとロンを追いかけるべく足を速めようとした。けれども、レンジとロンは敵に行く手をふさがれて、なかなか思うようには進めずにいる。

「うあぁくそっ……！　うぜぇんだよ、こいつらマジで……！」

ロンは牛刀を五、六倍に拡大したような特注一点物の大剣を使っている。たいがいの物はあれで簡単にぶった斬ってしまうのだが、この黒い敵性生物はそうはいかない。どうやっても斬れないので、ロンはしょうがなく薙《な》ぎ払い、ぶっ飛ばしている。

どかしてもどかしても、黒い敵性生物は次から次へと迫ってくる。どれだけ大剣を振り回したところで、黒い敵性生物が減るわけではない。あれは疲れるし、フラストレーションが溜《た》まる。すさまじくストレスフルだろう。それでもやるしかないのだ。やりつづけないと一歩たりとも前進できない。

ただ、レンジのほうがどうやらきつそうだ。

レンジはイシュ・ドグランというオークが持っていた片刃の大剣を愛用している。ロンの得物よりも数段、斬れ味が鋭い大業物だ。そのすばらしい斬れ味がまるで意味をなさない。黒い敵性生物が相手だと、あれだけの名剣でも鉄の棒と大差ないのだ。

それに、ひたすら力と勢いで圧倒しようとするロンと違い、レンジはむしろ技巧に長《た》けている。膂力《りょりょく》を数値化したら、レンジよりロンのほうが大きい。ロンはレンジより上背こそないものの、筋肉の付き方が異常だ。それでいて、力比べをしたらレンジが勝つ。ロンは百あれば百を出しきる。レンジは九十を技術で百十、それ以上にしてしまう。そんなレンジでも、黒い敵性生物にはロンと同じように対処するしかない。

いや、それだけではないのか。

アダチが見たところ、黒い敵性生物はロンよりもレンジめがけて殺到している。単純に、レンジが捌《さば》かないといけない敵の数、敵の量が多い。

ロンは自分に降りかかる火の粉を払っているというより、レンジに襲いかかってくる黒い敵性生物を処理しているようだ。ロンはレンジを手助けしている。

「……狙われているのか!?　レンジが——」

アダチは右手の中指で眼鏡を押し上げた。チーム・レンジは二番塔から五、六メートル離れたところで立ち往生していて、鉄拳隊《アイアンナツクル》、凶戦士隊《バーサーカーズ》、荒野天使隊《ワイルドエンジエルズ》、トッキーズに置いてゆかれつつある。周りは敵だらけだ。前後左右から黒い敵性生物が攻め寄せてくる。そのわりに、アダチはさほど脅威を感じていない。チビが守ってくれているからなのか。たしかにチビは戦闘用の杖《つえ》で黒い敵性生物を打ち払っている。しかし、寄せくる敵を相手にしているのか。そうではなくて、自分の脇を通り抜けようとする黒い敵性生物を突いたり払いのけたりしているのではないか。

チビは自分自身とアダチを守っているというより、レンジに向かってゆく黒い敵性生物を打ち払っている。

つまり、チビもまたレンジの手助けをしている。

「なんで——」

アダチは考えた。今は思案することしかできない。黒い敵性生物は斬れないだけではなく、魔法で損壊することもできないようなのだ。魔法の余波、たとえば爆風で吹っ飛ばしたりすることはできるとしても、そんなことをしたら味方にまで被害が及びかねない。魔法使いはほぼ役立たずだ。せめて考えろ。頭だ。頭を使うしかない。

黒い敵性生物はどうしてレンジを狙うのか。

いったい何のために？

何の手がかりもありそうにない。考えつづけろ。答えなどそうそう見つかるものではない。それでも、あきらめるな。様々な角度から考えろ。レンジが狙われている。狙われているのはレンジだけなのか。敵。黒い敵性生物。そもそも、あれは何なのだろう。

リバーサイド鉄骨要塞にあれが攻めてきたのは、ジン・モーギスが逃げてきてからだ。ジン・モーギスが義勇兵団に語ったところによると、未明に謎の敵がオルタナ周辺に出現。辺境軍が防衛に当たり、シノハラ以下オリオンは南門からオルタナを出て以後、消息を絶った。やがてオルタナは敵に包囲された。次第に敵がオルタナ内に侵入してきた。やむなく辺境軍はオルタナからの退避を試みたものの、脱落者多数。生きてリバーサイド鉄骨要塞に辿りつくことができたのは結局、ジン・モーギスだけだった。その直後、リバーサイド鉄骨要塞に敵が押し寄せてきた。

聞いたところによると、ジン・モーギスは敵に追われていた。当時、正門で警備にあたっていた荒野天使隊《ワイルドエンジエルズ》が、ジン・モーギスを要塞内に入れてただちに閉門し、その敵を食い止めた。アダチはそう聞き及んでいる。だから、多くの義勇兵はジン・モーギスがあの敵を連れてきたと考えているのだ。

すなわち、ジン・モーギスも敵に狙われていた、ということではないのか。

今、ジン・モーギスは？

いた。

先頭集団の中だ。前には出ていない。あの男は先頭集団のど真ん中にいる。

敵は先頭集団にも殺到している。

先頭集団が狙われているのではなく、敵の狙いは先頭集団の中にいるジン・モーギスなのではないか。

その結果、先頭集団に敵が群がっている。

つまり、ジン・モーギスは先頭集団に自分を守らせているのではないか。

なぜ敵は、ジン・モーギスとレンジを？

「――レンジ……！　どうする……!?」

ロンが大剣で黒い敵性生物をぶっ飛ばすなり叫んだ。剣鬼妖鎧《アラガルファルド》。局面を打開するために、遺物《レリック》の力を使う奥の手もレンジにはある。

レンジは答えない。黙ってイシュ・ドグランの剣を振るいつづけている。はっきりと否定しないということは、たぶんレンジも迷っているのだ。

「レンジたちが遅れてるわ……！」

ブリトニーの声が聞こえた。遠い。先頭集団とチーム・レンジは十メートル以上離れている。二十メートル近くかもしれない。

先頭集団は塔と塔の間を通り抜けようとしている。もう少しで正門だ。

ジン・モーギス。アダチはあの男が気になってしょうがない。それどころではないのかもしれないが、どうしても目を離すことができずにいる。

これは非論理的な思考なのか。だとしたら、アダチは考え直すべきだ。あんな男になどかまっていられない。チーム・レンジのことにだけ集中しろ。あの男のことはいったん忘れるべきだ。

「ノスタレム・サングウィ・サクリフィシ……！」

ジン・モーギスが動いたのはそのときだった。あれは何の言語なのか。聞き覚えのない文言だったが、なんとなくラテン語っぽい、とアダチは思った。

ラテン語とは？

わからない。あれは呪文なのか。何らかの鍵言葉《キーワード》か。とにかく、それをきっかけにして何かが起こった。

先頭集団の鉄拳隊《アイアンナツクル》、凶戦士隊《バーサーカーズ》、荒野天使隊《ワイルドエンジエルズ》、トッキーズ、そしてブリトニーらが、ほとんど一斉に倒れた。

いや、それはあくまでも印象だ。先頭集団の全員が一度にばったりと倒れたわけではない。実際は倒れ伏した者よりも、尻餅をついた者やへたりこむ者、どうにか立ってはいるがふらついている者のほうが多いだろう。何らかの打撃を受けたのか。魔法のたぐいだろうか。それなら悲鳴の一つや二つあがりそうなものだが、そうした声は一切聞こえなかった。アダチの耳に入ってきたのは、せいぜい「あっ……」とか「うっ……」といったような小さな声くらいだ。突然、眩暈《めまい》にでも襲われたのか。あるいは、腰が抜けたとか。なぜか体に力が入らなくなったとか。何があったのか。とにかく、彼らに、彼女らに、何かが起こったのだ。

例外は、あの男だけだった。

たった一人、赤毛で黒っぽい外套《がいとう》をまとっているジン・モーギスだけが、二本の足でしっかりと立っている。

倒れていたり、座りこんでいたり、なんとか中腰程度の姿勢で持ちこたえようとしていたりする先頭集団の義勇兵たちを、ぼんやりと、ごくごくうっすらとした霧のような、陽炎《かげろう》のようなものが包んでいた。

あれは何なのだろう。

どうしてジン・モーギスだけは平然としているのか。

決まっている。

ジン・モーギスがやったからだ。何をしたというのか。それはわからないが、あの男はノスタレム・サングウィ・サクリフィシと唱え、何かをした。

霧か陽炎のようなものがジン・モーギスに吸いこまれてゆく。

あっという間だった。

霧か陽炎のようなものはまたたく間に消え失《う》せた。

ぜんぶ、ジン・モーギスの中に入った、ということなのだろうか。

あの男が取りこんでしまった？

それは、つまり？

何だ？

いったいどういうことなのか。何がどうなっている？

アダチには理解できない。理解しようと努めることすら難しい。とにかく、ジン・モーギスが何かをした。それによって、先頭集団がとても戦闘できないような状態に追いこまれた。先頭集団から離れていたせいか、チーム・レンジはアダチを含めて無事だった。しかしながら、その間も黒い敵性生物は活動を継続していた。敵が攻め手を緩めることはなかった。

鉄拳隊《アイアンナツクル》の〝タイマン〟マックスやエイダン、凶戦士隊《バーサーカーズ》の〝赤鬼《レッドデビル》〟ダッキーは先頭集団の最先頭にいた。マックスとダッキーはクランのリーダーだが、正面方向から攻め寄せる黒い敵性生物をどんどん退けて突進する役割を自ら買って出ていた。彼らは常に最前線で誰よりも雄々しく戦って力を証明し、仲間を守って尊敬と信頼を勝ちとることで、荒くれ揃《ぞろ》いの武闘派クランをまとめてきたのだ。彼らのような男たちがやすやすと敵に打ちのめされることなど考えられない。むろん、勝敗は兵家の常だ。マックスやダッキーがどれだけ優秀な戦士でも、武運拙《つたな》く敗れることはありうる。たとえ敗れるとしても、それは勇猛果敢に激闘した末に華々しく散る英雄的な死に違いない。

ところが、マックスはうずくまり、ダッキーは片膝をついていた。黒い敵性生物は瞬時に彼らを組み伏せた。ただ黒いものが彼らをのみこんだ。彼らは抵抗できなかった。逃げることもできなかった。一瞬で彼らは見えなくなってしまった。

エイダンや、先頭集団の外側にいた他の鉄拳隊《アイアンナツクル》、凶戦士隊《バーサーカーズ》の義勇兵たちも同様だった。

後尾の荒野天使隊《ワイルドエンジエルズ》も何人かやられた。

トッキーズは先頭集団に吸収されずにその左側に位置取っていた。そのおかげなのかもしれない。何人かが黒い波に抗《あらが》っているようだった。ともかく、アダチが見たところ、マックスとダッキー、エイダンは確実に敵にのみこまれてしまった。

マックスとダッキーこそが先頭集団を推進させる原動力になっていたのだ。その二人が同時に失われた。

これは、まずい。

もうだめかもしれない。

アダチがそう思った矢先に、敵が、黒い波が、あちこちで駆逐されはじめた。

「——何だ……!?」

レンジがイシュ・ドグランの剣で黒い敵性生物を打ち払いながら怒鳴った。何が起こっているのか。事態を把握して報告する。アダチがそれをやらなければならないのだが、よくわからない。

黒い敵性生物たちはマックスやダッキーらをのみこんで、先頭集団を食い荒らそうとしていた。

ブリトニーが黒い敵性生物にのしかかられている。その黒い敵性生物が撥《は》ねのけられるのをアダチは見た。

あれは?

ブリトニーが自力で払いのけ、蹴飛ばしたのか。

違う。

たぶん、そうではない。

「くぅっ……！」

ブリトニーは起き上がろうとしたが、また尻餅をついた。体が言うことを聞かないようだ。他の義勇兵たちも同様だろう。ジン・モーギスが何かをして、その結果、虚脱状態に陥っている。武器を振るおうとしている義勇兵もいることはいるが、彼らはまるでいきなり老人になってしまったかのようにへっぴり腰だ。あれでは満足に応戦できない。それなのに、黒い敵性生物たちの勢いが明らかに弱まっている。

そして、いない。

あの男が。

肝心のジン・モーギスが、どこにもいない。

「なっ――……」

アダチは目を瞠《みは》ってあちこちに視線を向けた。

何かが移動している。

速い。

とてつもない速さだ。

小さくはない。けっこう大きい。先頭集団がいるあたりを何かが飛び交っているのか。

風切り音や物と物が衝突するような音が断続的に響き渡っている。はっきりとは見えない。

それが速すぎるせいだ。それら、と言うべきなのか。単体ではなく複数かもしれない。

どうも、それ、もしくはそれらが、黒い敵性生物を蹴散らしているようだ。

正門へと向かう道ができはじめている。

その道はさっきまで黒い敵性生物に埋め尽くされていたのに、開かれようとしている。

黒い敵性生物の流れも変わった。

レンジが狙われているらしいので、チーム・レンジに関して言えば状況が大きく変わったわけではない。一変したわけではないが、圧力が少し弱まったような気がする。

黒い敵性生物たちは、目で追うことができないほどの高速で駆け巡る何ものかに駆逐されながらも、先頭集団というより正門方向へ移動しようとしているのではないか。

「てことは――」

視覚的な能力の限界から、直接的な証拠がえられないため、容易には納得しがたい。それでもアダチの脳は答えを割りだしていた。

「あれは、ジン・モーギス……！」

ジン・モーギスはノスタレム・サングウィ・サクリフィシと唱えて何かをした。それで先頭集団の義勇兵たちが急に虚脱した。何人かは敵の餌食となった。ただし、あの行為は義勇兵たちを危機に追いやっただけではない。それが目的ではたぶんなかった。義勇兵たちを危地に陥れることと引き換えに、ジン・モーギスは力をえた。人間離れしたすさまじい速度で動き回り、黒い敵性生物たちを薙《な》ぎ払ってしまえるような、特別な力を。

なおも信じがたいが、ここは驚愕《きょうがく》のような感情的な反応を度外視して、固定観念の枠を外し、事実をもとにして判断するべきだろう。ありえない、そんなことができるのか、できるわけがない、不可能だ、という段階で思考を停止させるべきではない。

それに、とてもできそうにないことを実現する方法というか、そのための装置が存在することをアダチは知っていた。

「遺物《レリック》……！」

その瞬間、繫《つな》がった。

遺物《レリック》だ。

ジン・モーギスは遺物《レリック》を持っていた。

それを使ったのだ。

遺物《レリック》といっても大小様々で千差万別だというが、中にはとてつもない代物もある。物によっては不可能を可能にできる。

そして、ジン・モーギスは黒い敵性生物に狙われていた。

レンジもそうだ。

遺物《レリック》。

レンジも遺物《レリック》を持っている。赤の大陸で手に入れた剣鬼妖鎧《アラガルファアルド》を着ている。

遺物《レリック》が鍵だったのだ。

「レンジ、剣鬼妖鎧《アラガルファルド》を脱いで……！」

アダチは無茶なことを言っているのかもしれない。

剣鬼妖鎧《アラガルファルド》はレンジの胴部と両腕、両脚までを覆っている。ただし、あちこちに留め具が取りつけられているような通常の鎧《よろい》ではない。

もともと剣鬼妖鎧《アラガルファルド》を着用していたのは身の丈二メートルを超える異形の剣士で、剣鬼《アラゴ》と呼ばれて恐れられていた。レンジとは体格が違いすぎる。それなのに、剣鬼《アラゴ》を討ちとったレンジがその遺骸に近づくと、驚くべきことが起こった。剣鬼《アラゴ》が身にまとっていた鎧が自ら脱げて、レンジに這《は》い寄ったのだ。アダチたちは慌ててすぐに剣鬼《アラゴ》の鎧から離れるよう言ったのだが、レンジは聞き容《い》れなかった。剣鬼《アラゴ》の鎧は生き物のようにレンジの鎧を脱がした。レンジが剣鬼妖鎧《アラガルファルド》を身につけたのではない。剣鬼妖鎧《アラガルファルド》がレンジの体にまとわりついた。まるで鎧が意思を持って次なる所有者を選んだかのようだった。

レンジが命じれば、剣鬼妖鎧《アラガルファルド》は脱げ落ちる。そうはいっても、戦闘中なのだ。戦いの最中に鎧を外す馬鹿がどこにいるだろう。

「ロン……！」

レンジは、しかし、イシュ・ドグランの剣で力強く黒い敵性生物を打ち払うなり、跳び下がった。

「援護しろ！」

「おう、任せろ……！」

ロンがレンジの前に躍り出た。たまにロンは、リミッターを外す、という言い方をする。本人曰《いわ》く、あの丸刈り頭の中にスイッチのようなものがあって、オンとオフを切り替えられるらしい。普段、そのスイッチはオンなのだが、オフると俺はパッキパキになる、とロンはのたまう。

「うらぅらぅらぅらぅらぅらぅらぅらぅらぅらぅらぅらぅらぅらぅらぅらああぁ……！」

ロンが大剣を爪楊枝《つまようじ》みたいに振る。

むろん、あの拡大牛刀大剣は爪楊枝などではないし、物体をある方向に動かせば慣性というものが働いて、制動するためには相応の力が必要だ。ようするに、あれだけ重い大剣を振ったら普通は振りきってしまう。振りきる前に止めるには、よほど踏んばらないといけない。そのはずなのに、リミッターを外したロンは瞬発力なのか何なのか、ともかく尋常ではない力で大剣をくっと止めてぱっと撥ね上げ、さっと振り下ろし、くっと止め、ぱっと撥ね上げる。恐ろしい速度でそれを繰り返す。

あれをやるとき、ロンは目をつぶっている。相手を、標的を見ていない。まさに手当たり次第だ。当たるを幸い、ただただ大剣を振るう。振るいつづける。

ということは、ロンの大剣が届く範囲に入らなければいい。近づかなければいいのだ。当たらなければどうということはない。

相手にそのことが理解できれば、ロンがせっかくリミッターを外してもさしたる意味はない。不意討ちにはまあ使えるかもしれないが、さもなくば威嚇にしかならないだろう。

だが、黒い敵性生物にはこれが見事にハマった。

あの敵は人間に近い形をしている。人間に近い生き物的な動き方をする。けれども、そうではない敵もいる。真っ黒いナメクジのような、あるいは蛇のようなやつもいる。どういう生物なのか。まったく不明と言うよりほかないが、少なくとも脅威を感じてそれを避けようとする習性はないらしい。

敵はレンジの前に出たロンにまっすぐ突っこんでゆく。レンジに襲いかかることしか考えていないのか。それとも、考えてすらいないのか。いずれにせよ、リミッターを外したロンにとっては絶好の獲物だ。黒い敵性生物たちはこぞってロンの拡大牛刀大剣に撥ね返された。ロンのパッキパキ状態はそう保《も》たないが、十分だった。

「剣鬼妖鎧《アラガルファルド》……！」

レンジが胸甲を叩《たた》いて命じた。ほぼ瞬時だった。レンジが剣鬼妖鎧《アラガルファルド》を脱ぎ捨てたのではない。剣鬼妖鎧《アラガルファルド》という鎧の魔物が禍々《まがまが》しい口を開けて、その体内からレンジを吐きだしたように見えた。

レンジはもう鎧下しか着ていない。剣鬼妖鎧《アラガルファルド》はその後ろで跪《ひざまず》くような姿勢をとっている。さながら首なし騎士《デュラハン》だ。

「──ぅおおっ……！」

ロンが横っ跳びして転がった。体力、呼吸が限界に達したのだろう。

「正門へ……！」

叫びながらアダチは駆けた。レンジがすっ飛んでいって、ロンを引きずり起こす。チビはロンに何か魔法をかけたようだ。

案の定だった。

チーム・レンジの行く手に黒い敵性生物たちは立ちふさがらない。

アダチは一瞬、振り返った。

剣鬼妖鎧《アラガルファルド》だ。

敵は剣鬼妖鎧《アラガルファルド》に群がっている。

やはり遺物《レリツク》だった。敵が何ものかは依然として皆目見当がつかない。しかし、敵の狙いは遺物《レリツク》なのだ。

「あいつらは……!?」

ロンが怒鳴った。倒れていたりしゃがみこんでいたりする先頭集団の義勇兵たちのことを指しているのだろう。

レンジはかろうじて立っている背の高い女性義勇兵に駆け寄った。

「カジコ、動けるか……!?」

「……レンジ。余計なお世話だ！」

荒野天使隊《ワイルドエンジェルズ》のリーダーは周りの女性義勇兵たちを叱咤《しった》しはじめた。

ブリトニーが空を仰いでいる。

「何なのよ、いったい……!?」

「何だっていい！　各自正門に向かえ……！」

レンジにどやされて、ブリトニーが、他の義勇兵たちも、仲間を助け起こし、戦友と励まし合い、なんとか態勢を立て直そうとしている。明らかにまだ動作が鈍い。彼らは、彼女らは、精鋭の義勇兵たちだ。皆、本当に厳しい戦いを潜《くぐ》り抜けてきた。アダチのような魔法使いですら、近接戦闘こそほとんどできないが、一昼夜歩きつづける程度の体力はある。あったはずだ。

なくなった。

ひょっとすると、奪われたのか。

ジン・モーギスは今もなお超高速で駆け回りつづけ、黒い敵性生物を駆逐しているようだ。アダチの動体視力ではあの男自体を捕捉することはできない。しかし、剣鬼妖鎧《アラガルファルド》に群がる一団とは別の黒い敵性生物たちが、あっちへ行こうとしたりこっちへ行こうとしたりしている。右往左往しているというより、まごついているように見える。あちこちで爆発のような衝撃が発生し、そのたびに黒い敵性生物たちが吹っ飛ばされている。

「敵は僕らを狙ってこない……！」

アダチは声を張り上げた。妙な具合に裏返ってしまったが、かまうものか。

「行け！　正門へ！　進むんだ……！」

レンジも、ロンも、チビも、トッキーズの何人かも、自力でどうにか動ける義勇兵は全員、仲間に手を貸していた。アダチもそうしていた。義勇兵たちに肩を貸し、歩かせ、背中を押して走らせた。

アダチはチーム・レンジが何より大事だった。自分自身よりもレンジとロン、チビが大切で、もう一人も失うわけにはいかない。チーム・レンジのことしか考えたくないという気持ちは正直あった。そうはいっても、今この場にいる義勇兵たちを見捨てることはできない。それは間違っている。

人としてとか、同胞意識からとか、そんな理由ではない。アダチは感情的になっていない。レンジは何の疑問も差し挟まずに剣鬼妖鎧《アラガルファルド》を脱いでくれた。あれはうれしかった。涙が出そうだった。ちょっと泣いてしまったかもしれない。あれこそが感情だ。これは違う。アダチはチーム・レンジ以外の義勇兵を戦力としか見なしていない。言うまでもないことだが、戦力はあればあるだけいい。正門に辿《たど》りつく義勇兵の数が増えれば増えるだけ、先の見通しが明るくなるということだ。手持ちの戦力をできるだけ確保したい。これはあくまでもそのためにやっている。

生存者たちはようやく正門へと突入しようとしていた。アダチはその集団の先頭ではないものの、先頭の近くにはいた。正門の壁の高いところに松明《たいまつ》が何本か据えつけられている。そのおかげもあって、アダチは正門付近の状況をおおよそ見てとれた。要塞側に向かって強引に押し開けられた正門には、なおも黒い敵性生物がひしめいている。というか、今現在もあそこから刻々と敵がなだれこんできているのだ。

あれを突破するのか。

果たして、可能なのか。

やれる、とはとうてい思えない。アダチだけではなく、皆、同じだろう。

それでも生存者たちは正門めがけて突進してゆく。

無謀なのではないか。自殺行為だ。他に手はないのか。アダチは自問自答していたが、生存者たちは止まらない。その只中《ただなか》にいるアダチも足を止めることはできない。

失念していたわけではなかった。ジン・モーギス。あいつは何をやっているんだ。もとはと言えば、あの男のせいじゃないか。あの男に対する憤懣《ふんまん》はこの身が滅びるまで消えそうにない。

期待は微塵《みじん》もしていなかった。あの男が何かをして形勢が良い方向に傾く。そんなことはまずありえそうにない。

それだけに、意表を衝《つ》かれた。

何か影のようなものがとんでもない速さで生存者たちを追い越し、正門に突撃した。それは、外から正門に流れこんで完全にふさいでいた黒い敵性生物たちを一気に弾《はじ》き飛ばし、押し戻してしまった。

生存者たちは既定路線の行動をとっているかのように正門に駆けこんだ。個々人は驚いていただろうし、アダチも「ぇえっ」と声を出してしまったが、そのまま走り抜けて外に出た。そこには闇が広がっていた。

風はやや強い。

曇天だ。夜明けはまだ遠く、赤い月も、星も見えない。

グリムガルはあまりにも濃厚な闇に閉ざされている。リバーサイド鉄骨要塞防壁上の灯火などでは、その暗闇に太刀打ちできない。

アダチは腰に差していた短杖《たんじょう》を抜いて、その先でエレメンタル文字を描いた。

「デルム・ヘル・エン・トレム・リグ・アルヴ」

闇に向かって一筋の炎が伸びてゆき、立ちのぼる。要塞を出た生存者たちの前に立ちこめているのはただ夜闇のみではないだろう。黒い敵性生物たちが闇に紛れているに違いない。アダチは敵を燃やし、攻撃するために火炎壁《ファイアウオール》の魔法を使ったのではなかった。残念ながら、生存者たちの敵を炎熱魔法《アルヴマジック》で焼き払うことはできそうにない。アダチは炎によって照らし出すことで、その存在をいくらかでも明らかにしようとしたのだ。

アダチ以外の魔法使いも二人、三人と火炎壁《ファイアウォール》を発動させた。

正門前から放射状に四枚の火炎壁《ファイアウォール》が現れた。

生存者たちは息をのんだ。

炎が照らすのは黒い敵性生物ばかりだった。

地表が黒いものに覆い尽くされている。いや、そんなことはないとアダチの理性は主張していた。よく見るがいい。現に生存者たちは地面を踏みしめているではないか。何人かの生存者は足に絡みついた黒いものを「――ぅあっ！」と蹴りのけたり「このっ！」と武器で打ち払ったりしている。生存者たちがじっとしていたら、黒い敵性生物たち、黒いものにのみこまれてしまうかもしれないが、少なくともまだそうなってはいない。ところどころに草が、土が、石ころが露出している。かなり危機的ではあるにせよ、足の踏み場がまったくないような状態ではない。

「ジン・モーギス……」

アダチは呟《つぶや》いた。喉が極端に狭まっていて、呻《うめ》くような声が出た。

正面方向へと伸びる二枚の火炎壁《ファイアウォール》の間に、生存者たちに背を向けて赤毛の男が立っている。男は抜き身の剣を手にしている。

「ンンー……」

ジン・モーギスが低く唸《うな》った。その直後だった。

消えた。

ジン・モーギスが。

消えたのはあの男だけではない。四枚ある火炎壁《ファイアウォール》のうち、二枚が消失した。

アダチには目視できなかったが、どうやらジン・モーギスがいた場所で何か竜巻のようなものが瞬間的に発生した。それによって、火炎壁《ファイアウォール》やその付近の黒い敵性生物たちが吹き飛ばされたらしい。

「なんて動きだ……！　あいつ人間か……!?」

ロンが叫んだ。

「うぁはっ……！」

暗闇の向こうで誰かが笑った。人間の笑い声なのか。たぶんジン・モーギスなのだろうが、あまりにも異様だった。口だけではなく、目も鼻も耳も、全身がこらえきれずに笑ったのだとしたら、あんな音が発せられるかもしれない。

「すばらしい……！　これは人間性からの解放だ……！　惜しいな、あと一回しか使えんとは……！」

闇の中で青白く光るものがある。

アダチは目を凝らした。

その光は大きくない。小さい。

しかとは言えないが、おそらくジン・モーギスだ。

ジン・モーギスの体の一部が発光しているのか。あるいは、あの男が身につけている物だろうか。

たとえば、宝玉のようなものとか。

首飾り、もしくは指輪に嵌《は》められている石のたぐいだとか。

石。

宝玉。

発光する石。

「——遺物《レリック》か……!?」

ジン・モーギスはあの遺物《レリック》を使った。それで何十人もの義勇兵たちが力を奪われた。きっとそのぶんジン・モーギスは強化されたのだろう。

『あと一回しか使えんとは……!』

どういう意味だろう。無限ではない、ということか。あの遺物《レリック》には回数制限がある。おそらく効果が永続するようなものでもない。時限的だ。効果範囲も限定されているに違いない。だからチーム・レンジは力を奪われなかった。

しかし、あと一回ある。

ジン・モーギスはもう一回、同じことができる。

あの男がまた遺物《レリック》を使ったら、生存者たちは軒並み力を奪われるだろう。アダチは体験していないので正確にはわからないが、歴戦の義勇兵が倒れたりしゃがみこんだりしていた。皆があんなふうになる。それと引き換えに、時間制限があるとしても、ジン・モーギスは超人的な身体能力を獲得する。

一回目であの男はリバーサイド鉄骨要塞から出た。

二回目はどうする？

アダチの推測では、生存者たちを置き去りにして逃げるだろう。遺物《レリック》の効果が持続している間に、できるだけ遠くへ行こうとするのではないか。

そもそもジン・モーギスは、義勇兵たちが自分の味方だとか仲間だとか、そんなふうには捉えていなかった。捨て駒ですらなかったのだ。いざとなったら、あの男は義勇兵たちを生《い》け贄《にえ》にする気だった。遺物《レリック》に回数制限があるのであれば、なるべく節約したかっただろうが、他に手がなければ使うしかない。そのとき捧《ささ》げる犠牲をあの男は必要としていた。それがリバーサイド鉄骨要塞の義勇兵たちだったのだ。

「レンジ……！」

殺さないと。

あの男を今すぐ殺すべきだ。

遺物《レリック》を使われる前に息の根を止めないと、生存者たちは今度こそ全滅する。

　あの男を殺したとして、その後どうすればいいのか。それはいい。いや、良くはないが、レンジ、べつにレンジではなくたっていい、誰だってかまわないから、まずはジン・モーギスを殺さないといけない。

　アダチが言い尽くさなくてもレンジは察してくれた。レンジだけではない。ロンや他の義勇兵数名が闇の向こうで高笑いしているジン・モーギスに躍りかかろうとした。

「――ぅおおぁっ……」

　光が生じた。

　別の光だ。

　ジン・モーギスが持つ遺物《レリック》が放っているとおぼしき青白い光とは違う、もっと白っぽい光だった。

　その光は輝きを増した。ジン・モーギスが見えた。彼の胸のど真ん中にその光はあった。刃なのだろうか。剣のようなものか。光の剣。光る剣のごときものがジン・モーギスを背中から貫いている。

「ぐぶぅぉっ。ごふっ……」

　ジン・モーギスの口から血液が溢《あふ》れだす。赤毛の男は震える左手を持ち上げようとしている。その人差し指に指輪が嵌められている。指輪の石が青白い光を宿している。青白い光の中に、花びらのような模様が浮かんでいる。

「ノスタ、レム……」

ジン・モーギスはあの言葉を唱えようとしたのだろう。おそらく遺物《レリック》の効力を発現させるための鍵言葉《キーワード》を。

できなかった。

光の剣がジン・モーギスにそれを許さなかった。

ジン・モーギスの両足が地面から離れた。彼を貫いている光の剣が高く掲げられたのだ。その結果、彼は吊《つる》された男のような有様に成り果てた。

光の剣は独立してそこにあるのではない。光の剣が勝手に動いてジン・モーギスを刺し貫き、高々と差し上げたのではないことが明確になった。

持ち手がいる。

ジン・モーギスの後ろにいる何か、何者かが、光の剣でそれをなしたのだ。

闇に紛れてはっきりとは見えないが、その何者かは光の剣を、それからやはり仄《ほの》かに鈍い光を放つ盾を持っている。どうも人間に近い姿形をしているらしい。巨大ではなさそうだ。とくに大きくも小さくもない。

まるで闇夜を纏《まと》っているかのような、一人の剣士がそこにいる。

「サング……ウィ……」

ジン・モーギスはごぼごぼと血を吐きながら鍵言葉《キーワード》の続きを口にした。

闇夜纏いが光の剣でジン・モーギスを串刺しにしたまま上昇しはじめたのは、そのときだった。

それは闇夜纏いの一部なのか。あるいは、別のものが闇夜纏いを持ち上げているのだろうか。

闇夜纏いが、闇に、黒いものに乗っているかのようだ。

闇の馬に乗る、闇の騎士のように。

闇夜纏いが光の剣を斜め後方に振るい、ジン・モーギスは放り投げられた。あの男の肉体が地面に叩《たた》きつけられる音はしなかった。彼を受け止めたのは地面ではない。黒いものたちだった。

「ぉがぁっ、ずぅあっ……——」

ジン・モーギスの断末魔の声は程なく途絶えた。

闇夜纏いが音もなく近づいてくる。

そして、ジン・モーギスをのみこんだ黒いものたちも。

来るのか。

生存者たちは遺物《レリック》を持っていない。それでも見逃されることはないのか。

「七番——」

アダチは口に出してから気づいた。その案はずっと頭の片隅にこびりついていた。

闇夜纏いの軍勢を打ち破って逃げおおせるのは不可能だ。どのような幸運に恵まれたとしても、一人たりとも生き延びることはできないだろう。

七番塔。

リバーサイド鉄骨要塞内に十四基ある塔のうちの一基、七番塔の地下には要塞外へと通じる脱出路がある。

ブリトニーと荒野天使隊《ワイルドエンジェルズ》が七番塔の防衛にあたっていたものの、守りきれずに撤退した。今はどうなっているのか。わからない。

見込みがあるとはとうてい言えないが、このまま前進すれば確定的に壊滅する。もちろん、留《とど》まっても同じだ。だとしたら、要塞内に退いて脱出路に賭けるしかない。

「みんな引き返して七番に！　急げ……！」

アダチは絶叫した。生存者たちの一部は即座に身をひるがえした。ここだ、とアダチは思った。この防戦において、アダチは魔法を無駄遣いしなかった。力を温存していた。使いどころはここだ。

たしかに魔法であの敵を倒すことはできない。それでも、建造物などに打撃を与えて敵の追撃を妨害することはできる。アダチが残ってそうした破壊工作に従事し、仲間が逃げるための時間を稼ぐという方法もある。レンジのため、チーム・レンジのためにそれが最善だと判断したら、アダチはためらわずにそうするだろう。

さしあたって生存者たちが要塞内に退避した段階で、正門を破壊する。できれば、闇夜纏いを下敷きにしてしまいたい。

「アダチ、何してる！」

レンジにどやしつけられた。

きれいな銀髪だ。レンジは瞳の色も薄い。

いつだったかアダチは、それ、地毛なんだよね、と尋ねたことがある。みたいだな、とレンジは答えた。

思えば、互いの人間性に関わるような深い話はほとんどしたことがない。ひょっとしたら、一度もないかもしれない。

レンジもアダチも他者を容易には受け容《い》れないし、立ち入らせようとしない。

サッサに指摘されたように、アダチはレンジを慕わしく思っていた。ひた隠しにするしかない衝動や欲望が、アダチにはあった。

レンジはどうなのだろう。何かあるのだろうか。

知りたかった。

長い間、そばにいたのだ。無理にでも聞きだせばよかった。どうせ好かれてなどいない。愛されるわけがないのだ。嫌われてもいいから、レンジのことを知ろうとすればよかった。

もっと知りたかった。

「ああ、行こう……！」

アダチはレンジにうなずいてみせ、正門に向かおうとした。

「光よ、ルミアリスよ、我が刃《やいば》に加護の光宿らせ給《たま》え……！」

思わず立ちすくんだのは、生存者たちの中から飛びだす者がいたからだ。

まさか闇夜纏いに斬りかかろうというのか。

誰だ。

ブリトニーか。

「光刃《セイバー》……！」

ブリトニーの剣が眩《まばゆ》い光に包まれた。光刃《セイバー》。聖騎士の光魔法だ。

闇夜纏いは黒々とした四つ足のものにまたがっている。最初は馬のようだとアダチは思ったのだが、それには首や頭にあたる部位がない。ともあれ、おかげで闇夜纏いは徒歩《かち》のブリトニーより高い場所にいる。一太刀浴びせるにしても簡単ではないだろう。

「キモいのばっか相手してて、退屈してたのよ……！」

ブリトニーの身ごなしは機敏というより柔軟で妙に滑らかだった。闇夜纏いがブリトニーめがけて光の剣を振り下ろしたが、当たらない。ぎりぎりではあった。おそらくブリトニーはわざと最小限の足捌《さば》きで闇夜纏いの斬撃をよけ、黒い首なし馬の背にするすると駆け上がった。そこには闇夜纏いがいる。ブリトニーは闇夜纏いの背後をとった。

「ちょっとアタシに付き合いなさいな……！」

ブリトニーは剣を両手持ちして闇夜纏いの首に叩きこんだ。しかし、闇夜纏いは小揺るぎしただけだった。すぐに身をよじって、鈍く光る盾でブリトニーを殴打しようとする。

ブリトニーは身軽に跳び上がって闇夜纏いの盾を躱《かわ》し、空中で一回転した。そして着地するところを狙いすましたのか。闇夜纏いはブリトニーめがけて黒い首なし馬を進ませた。

「──滅私の光《サクリファイス》……！」

聖騎士だ。

ブリトニーではない。

別の聖騎士が輝く盾を構えてブリトニーの前に飛びだし、黒い首なし馬を受け止めた。ほんのわずかではあるが、押し返した。

「俺も付き合うぞ、ブリちゃん！」

「トキムネェエー……ッ!?」

あれはキッカワの声だ。トッキーズ。ブリトニーを援護したのはトキムネだった。

「わかってるんでしょうね!?　しょうがない子……！」

トキムネのおかげで無事着地できたブリトニーは、光刃《セイバー》をかけた剣の切っ先で何らかの図形を描きながら祝詞を唱えた。図形。ルミアリスを象徴する六芒《ろくぼう》だ。

「光よ、ルミアリスよ！　我らの決意を捧げん！」

アダチは魔法と名のつくものなら神官と聖騎士しか使えない光魔法であろうと調べて頭に入れるようにしてきた。しかし、あの魔法は知らない。

「導き《アルテラ》の光……！」

ブリトニーとトキムネが同時に叫んだ。彼らが合わせたのは声だけではなかった。剣だ。

互いの剣をぶつけた。

途端に二人の聖騎士が赤々と揺らめくきらめきを放ちはじめた。光明神ルミアリスがもたらす加護の光には普通、色彩がない。真っ白に見える。あれは違う。

導き《アルテラ》の光。

あの光は異質だ。

「退《ひ》っけえええええええええええええぇぇぇぇぇぇぇぇぇぇ……！」

嘘《うそ》のようなものすごい大音声が轟《とどろ》いた。アダチは耳が痛かった。一瞬、いきなりそんな声を出すなんて非常識じゃないかとさえ思った。

「——いや、でもっ……」

言いかけたキッカワの首根っこをタダが摑《つか》んで、一目散に正門へと駆けこんでゆく。さっきの大声はタダか。トッキーズのアンナと長身の魔法使いミモリもタダに続いた。他に眼帯をしたポニーテールの不気味な男もいたはずだが、見あたらない。

全員、大至急、七番塔へ。そう言いだしたのはアダチだ。それはそれとして、トッキーズが我先に逃げるというのはどうなのか。トキムネを置いて行くのか。

つまり、導きの光《アルテラ》はそういう魔法だ、ということなのか。

アダチが赤の大陸で習得した血の魔法《ブラッドスペル》は、自分自身の血液を触媒にする。当然のことながら、使いすぎれば貧血を起こし、最悪、失血死してしまう。

たいていは奥義や秘伝としてごく一部の者にしか伝授されないが、使用者の寿命を削るような、場合によってはその命を差し出す代わりに驚異的な力をもたらす、大いなる魔法が存在するのだ。

アダチが知る範囲では、ルミアリスの加護を完全に喪失してしまうが、聖騎士本人の傷ついた肉体を瞬時に修復する罪光《クライム》という光魔法がある。導きの光《アルテラ》もそうした部類に入る魔法なのかもしれない。

おそらく、ブリトニーとトキムネは取り返しのつかない大きな代償を払おうとしている。導きの光《アルテラ》は発動した。もはや取り消すことはできない。タダはそれを理解しているからこそ、一も二もなく七番塔へ向かったのではないか。

だとするなら、アダチとしてはこう考えるしかない。

ブリトニーとトキムネは、文字どおり命懸けで闇夜纏い以下の敵をここで食い止めようとしている。一人でも多くの生存者たちを逃がすために、彼らは身をなげうった。

ここじゃない。

アダチはそう思いながら走りだした。覚悟はできている。だが、今回はブリトニーとトキムネに割りこまれてしまった。まだアダチの番ではないということだ。

「愛してるわよ、みんな……！」

ブリトニーの声が後ろ髪を引いても、アダチは振り返らなかった。なんとしても七番塔に辿《たど》りつかないといけない。レンジとロン、チビを辿りつかせないといけない。チーム・レンジのためにも、一人でも多く要塞の外へと逃がさないといけない。そのためにできることは何か。アダチは考えながら足を動かした。前にレンジの背中がある。ロンもいる。隣にはチビがいる。恐怖は微塵《みじん》もない。失ったものやこれから失うだろうものに怯《おび》えてはいなかった。我ながら滑稽だと思う。この一瞬、アダチはたしかに満たされていた。

0113A660・あなたと私が欲しいもの

ヒヨは螺旋《らせん》階段を上っていた。

光源らしきものはないのに暗くはない。そう明るくもない。

何もない空間に螺旋階段だけがある。

手すりは付いているので、よほど油断しなければ落っこちたりはしない。

落っこちたらどうなるのだろう。ヒヨにはわからない。この螺旋階段は何百回も、何千回も、ひょっとしたらそれ以上、上り下りしたが、手すりの向こうに飛びだしてみたことはない。

ヒヨは一人ではなかった。ヒヨよりも小柄な女を従えて螺旋階段を上がっている。背が低い点を除けばまあ、見目形は悪くない女だ。

ヒヨには審美眼がある。種族や性別を問わず、美しいものがヒヨは好きだ。

イオが容色に恵まれていることは認めざるをえない。

この女の手下二名、あれはだめだ。ひどい。醜いにも程がある。

「ねえアナタ」

イオの声は響かない。この空間では音が反響しない。イオはヒヨに二段遅れで螺旋階段を上がっている。たいした距離ではないのに、その声はくぐもっている。

「どこまで行くの?」

「もうすぐ着きますってば」

応じたヒヨの声もきれいには響かない。二人の足音は心臓の鼓動のように聞こえる。

「この階段、不気味ね……」

イオが心許《こころもと》なげで、ヒヨはうれしい。

ヒヨはイオに選択肢を与えた。その不細工な腰巾着どもを伴ってもかまわない。ひとりぼっちでは何もできなくて不安なのであれば、そうするといい。ヒヨとしてはイオ以外と話すつもりはなかったし、あの醜悪な取り巻きどもに何か話してもどうせ無駄だし、結局はイオ次第なのだから、どちらでもいい。

ただ、ヒヨが挑発すればイオは乗ってくるだろうと読んでいた。イオが喉から手が出るほど情報を欲しがっていることもわかっていた。

イオはご主人様に仕えてからまだ日が浅い。それなのに、ご主人様は古参のヒヨよりもイオを重用しているかのようだ。とはいえ、イオがこの塔について知っていることは限られている。この螺旋階段の仕組みもイオは知らない。ヒヨが握っている情報とイオのそれとの間には、質量ともになお大きな格差がある。イオは馬鹿ではない。だから、ご主人様はあえてヒヨよりイオを重んじているように見せかけ、手懐《てなず》けようとしているのではないかと疑っているはずだ。ご主人様はあれで口が達者だし、人心掌握術に長《た》けている。

ついでに言えば、イオは義勇兵の中でも指折りの神官だったが、歪《ゆが》みきった自尊心の持ち主だということもヒヨは知っている。イオという女は常にろくでもない男どもを侍《はべ》らせていたが、誰にも心を許さなかった。体を許すこともなかった。

イオは忘れてしまっている、ご主人様の秘薬で忘れさせた過去を、もちろんすべてではないが、ある程度、ヒヨは知っている。

ご主人様がヒヨに課した仕事には、義勇兵たちに関する情報収集も含まれていた。暇なときの時間潰しとして、自主的に義勇兵たちの動向を探ることもあった。ご主人様に命じられた場合は別だが、特定の義勇兵と親しく接するわけにはいかない。しかし、観察する時間はあった。

螺旋階段の手すりが途切れている。

ヒヨは足を止めて振り返った。

「ここですよん」

イオは手すりがない場所に目をやって眉をひそめた。

「……何もないように見えるわ」

「不思議ですよねえ。この塔はまったくイカれてるんです。知ってましたあ？　昔々、この塔は〝杭《くい》〟と呼ばれてたらしいですよ」

「杭……」

「ずっとずっと前からこの場所にぶっ刺さってたってことです。オルタナどころか、ダムローができる遥《はる》か前、人間族が初めてこのあたりにやってきたときにはもう、杭はここにあったんですって」

「アナタはなぜ、そんなことを知っているの？」

「ひよがいつからグリムガルにいると思ってるんですかあ？」

「……わからないけれど――ワタシは記憶がないし。でも、アナタは……ワタシよりは年上よね」

「気を遣ってくれてるんですね。一人きりのときのイオさんはちょっとかわいくて、嫌いじゃないですよ。そうやって仔猫《こねこ》ちゃんのふりをするのが板に付いてるだけなのかもしれないですけど。まさしく猫を被《かぶ》る、ですよねえ」

ヒヨは手すりが途切れている箇所に向かって右手をのばした。

何の手応えもない。

そこにはやはり、何もない。

しかし、まるで虚無にのみこまれたかのようにヒヨの右手が消えた。

手首から先、さらに肘から先と、ヒヨの右腕がどんどん消えてゆく。

「……え――」

イオが美しい顔を見苦しく引きつらせている。実に愉快だ。

「ついてきてくださいな。危険はありませんから」

ヒヨは笑ってその向こうに飛びこんだ。

そこに見えない入口があったというより、むしろいきなり薄暗い広間に転送されたと表現したほうがしっくりくる。何しろ、ヒヨが降り立ったのはその広間の端ではない。ほぼ真ん中あたりなのだ。

間もなくイオもヒヨのすぐ後ろに現れた。イオは両目を大きく瞠《みは》って素早く広間内を見回し、臆病な猫のように身構えた。

「……ここは」

「倉庫みたいなものですかねえ」

ヒヨは歩きだした。

この広間の天井はかなり高い。七、八メートルほどもあるだろうか。間口は二十四、五メートルといったところで、奥行きはその倍近くだ。

天井と壁に、緑色がかった光を放つ丸い照明器具がいくつも備えつけられている。おかげで手許《てもと》、足許《あしもと》は見えるものの、広間全体を照らすには足りない。それでも、一見してこの広間ががらんどうではないことはわかる。

あちこちに、というより広間中に、たくさんの、大きさ、形状ともに様々な、ものすごい数の物が並べ置かれている。

球形の物体もあれば、四角い物体もある。薄っぺらい物や分厚い物、もっと複雑な形をした物もある。家具らしき物、刀剣や鎧《よろい》などの明らかな武具、武器になりそうな物もある。台の上に文具のような物が並べられていたりもする。大小の容器がある。壺《つぼ》のような物や透明な瓶もある。容器は空であったり、蓋がされていて中身が確認できなかったりする。液体で満たされている瓶もある。液体だけのこともあれば、その中に何か浮いていることもある。底に沈んでいることもある。棚もある。書物もある。巻物もある。通電すればまだ動きそうな物がある。無線機。テレビ。電話機。ヒヨにはよくわからない電気機器類がある。額に入れられた絵画がある。彫像もある。塑像もある。そうした無数の物品が、乱雑に積まれることなく、それぞれ安置されている。

広間の中央には物品が置かれていない空間があって、通路になっているそこをヒヨとイオは歩いている。この通路は碁盤の目のように延びている。

ヒヨはご主人様がこの広間に物品を運びこむ様子を見たことがあるし、手伝いをしたこともある。ご主人様に命じられて、小さめの物品を一人で置きにきたこともある。

物は増える一方だ。

この広間はだんだん手狭になってきている。

もっとも、杭《い》の中には他にも部屋がある。ヒヨが知っているだけでも空いた広間が二室はあるはずなので、物の置き場に困ることは当面ないはずだ。

状況が状況だけに、遺物《レリック》やその可能性が認められる物、遺物《レリック》とは呼べないが異界由来だと見なしうる代物を探しあてるのがなかなか難しい。つまり、当分は物が増えそうにないことのほうが問題だろう。

それとも、ご主人様はいつかこのような事態が発生すると見越していたのか。

「不思議な物ばかり……」

イオが呟《つぶや》いた。

ちょうど背もたれのついた赤い長椅子が目についたので、ヒヨはそれに腰を下ろした。

多少埃《ほこり》っぽいが、我慢できないほどではない。ご主人様曰《いわ》く、この広間に限らず杭内の主要部には、空気を浄化して温度を一定に保つ仕組みがあるのだという。

「座りませんか？」

ヒヨは長椅子の座面を軽く叩《たた》いてみせた。

イオはしばらく迷っていたが、うなずいてヒヨの左隣に座った。

「この椅子――」

ヒヨは背もたれに体を預けて天井を仰いだ。

「遺物《レリック》だったんですよ。ご主人様が色々手を尽くして調べたんですけど、座っている者が見えなくなるっていう手品みたいな力を備えてたんです」

「ワタシ、アナタが見えたわ」

「もうただの椅子ですからねえ。遺物《レリック》はエリクシルと呼ばれる特殊なエネルギーを持ってるんです。これはご主人様の受け売りですけれども。ご主人様が名づけたのか、それともどっからか仕入れた知識なのかは、ひよにはわかりません。ご主人様にお仕えして長いですけど、何でもかんでも教えてもらえるわけじゃありませんから」

「この椅子は――そのエネルギー……エリクシルを失っているの？」

「ていうかですねえ、ぶっこ抜いたんです」

「アナタの……ご主人様が？」

「やだなあ。ひよのご主人様は、イオさんのご主人様でもあるじゃないですかあ」

「そうね」

　イオは即答した。笑みを浮かべている。真意が別にあるときはどんなに巧みに作り笑いをしても目が死んでいるものだが、イオの双眸《そうぼう》はきらきらしている。極上の笑顔だ。

「自分で決断したことだし、間違いだったとも思っていないわ」

「イオさんたちの記憶を奪ったのはご主人様とひよなんですけどねえ」

「ゆえあってのことなんでしょう？」

「人には知らないほうがいいこともありますから。もともと人間族は外の世界からやってきたんです。それで、この世界で文明を築いていたエルフだのドワーフだのをぶちのめして、豊かな中原を自分たちのものにした。侵略者なんですよ」

「……それは、ワタシたちの先祖が──ということ？」

「どうなんですかねえ。でも、イオさんみたいな人たちは、グリムガルの人間族が使っている言葉を普通に理解できてるでしょ。文字だって読めちゃうわけです。どうやら文字は人間族が持ちこんだらしいんですよ。人間族が現れて、グリムガルに文字が広まった。まあ普通に考えたら、侵略者どもはイオさんたちのご先祖なんじゃないですかねえ」

ヒヨはイオが長椅子の座面に置いている右手に視線を向けた。

左手をのばして、イオの右手にそっと重ねてみる。

イオは一瞬、手をこわばらせた。けれども、それだけだった。ヒヨの手を撥《は》ねのけようとはしない。

「色んなことがあったんですよ。それなりの経緯があったんです。野蛮にもオルタナを乗っ取ろうとした集団がいたりとかねえ。知識は身を守るだけじゃなくて、他者を攻撃する武器にもなるし、そのための理由や動機をこしらえたりもするんです」

「アナタは……それを見てきたの？」

「ご主人様ほど長い間、見守ってきたわけじゃありませんよ？　いくらなんでも、そんな年齢《とし》には見えないでしょ？　ここだけの話──」

ヒヨの左手がイオの右手を握った。荒々しい義勇兵だったとはとても思えない。きれいな手をしている。

「本当なら、しわくちゃのおばあちゃんになっちゃっててもおかしくはないんですけどねえ。そうは見えないでしょ？」

「見えないわ。ちっとも見えない」

「ご主人様のおかげです。あの方は、とてつもないことを企んでる、なんて言い方をしちゃまずいか――ものすっごいことを考えられてるみたいですし、ひよみたいな仕えさせていただいている下々の者にご主人様がお与えくださる恩恵は、ちっぽけっちゃあちっぽけなものでしかないのかもしれません。ご主人様にとっては、ね。なるべく長生きしたい、老化を食い止めたいなんて、きっとどの世界のどんな知的生命体でも考えるようなことなんでしょうし。ご主人様はちゃんと教えてくれませんけど、その手の遺物《レリック》はけっこうあるみたいですよ」

「……ワタシもその恩恵にあずかれる可能性があるというわけね」

　イオがヒヨの手を握り返してきた。

「アナタのように、忠誠を示しつづければ」

「イオさんが望めば――そして、その必要があるとご主人様が判断したら、与えられるかもしれません。やっぱり、若くて美しいままでいたいですか？」

「ワタシは美しい？」

「ええ、きれいだと思いますよ」

「ちょっと意外だわ」

「ひよがイオさんを素直に褒めたことが、ですか？」

「嘘《うそ》をついている感じがしない」

「本音ですからね。ひよは基本的に女の子のほうが好きなんです。イオさんのようなきれいな女の子、実は大好物ですから」

「ワタシが欲しいの？」

イオは目を細め、わずかに眉根を寄せた。唇の両端がいくらか持ち上がる。

ヒヨは舌舐《したな》めずりをした。

「それがイオさんの手ですよねえ？」

「何のこと？」

イオは平然と問い返した。ヒヨの左手を握るイオの右手は緊張していない。イオはこうしたゲームを繰り返して、とりわけ男たちを操ってきた。記憶をなくしても経験が完全に消え去るわけではない。

「ワタシはただ訊《き》いているだけよ。アナタはワタシが欲しいの？　汚らしい生き物は好きになれないけれど、アナタはそうでもないわ」

「中身がおばあちゃんでも、ですか？」

「汚らしい老婆なら近寄りたくもない。アナタはそう見えない」

「ひよを籠絡するのは無理ですよ、イオさん」

「本当に？」

「イオさんが欲しいのはひよじゃないでしょ？」

「ワタシが……欲しい？」

イオの目が瞬間、焦点を失った。意表を衝《つ》かれたらしい。

男たちはイオを欲する。イオは男たちに求められる。求められれば求められるほど価値が上がる。需要と供給が釣りあってはならない。常にできるだけ供給を少なくし、需要はそれを大きく上回っている。

ヒヨが観察していたイオは、まるでその状態を保つことだけが目的であるかのように行動していた。たぶん、そのとおりだったのだろう。

「イオさんは、何が欲しいんですか？」

ヒヨはイオの手を引いた。少しだけイオの体を自分のほうに引き寄せる。イオは拒まなかった。

「ここにイオさんを案内していいと、ひよはご主人様に言われました。ようするに、ご褒美ですよ。ここにはエリクシルを抜きとったあとのガラクタしかないんですけど。たくさんのお宝が眠っている部屋もあります。ひよが入れてもらえる部屋も、ご主人様しか入れない部屋もあります」

ヒヨはイオの右肩に軽く頬ずりをした。

「ご主人様の言うとおりにしていたら、いつか元の世界に帰れるのかもしれませんねえ。そう簡単じゃないとは思いますけど。ご主人様だってまだできないわけですし。ともあれ、ご主人様がくれるご褒美はそれだけじゃありません。若返りはひよが知ってる限りでは不可能ですけど、アンチエイジングなら可能ですし――」

イオの右肩に頭をもたせかける。ヒヨは一つ息をついて、手の握り方を変えてみた。指と指とをしっかりと絡めて、掌《てのひら》と掌を合わせる。

「ご主人様の言いつけを守っていれば、日々の暮らしに不自由はありませんよ。外は今や世界腫だらけですけど、杭《くい》の機能を使えば外に出ることもできるんです。機能を発動することで何が起こるのかちょっと予想がつかないみたいで、ご主人様も慎重になってるんですよね。世界腫がこんなふうに荒ぶったことも、過去、例がないっぽいですし」

「……つまり――もっと貢献しろ、ということ？」

「いいえ？　違いますよ？」

「違う……？」

「ひよたちはねえ。ご主人様にお仕えするしかないんです。もう、ねえ……尽くして、尽くして、尽くして、尽くして、尽くして……尽くして尽くして尽くして尽くして尽くして尽くして尽くして尽くして尽くして……どこまでも尽くすしかないんです」

ヒヨはイオの息遣いをはっきりと感じることができた。

少し呼吸が速い。

「ご主人様にはねえ。大望がおありです。あのご主人様でも、杭《くい》のすべてを知り尽くしているわけじゃないようですし、ぜんぶの機能を使いこなせるわけでもありません。ご主人様はねえ。杭を完全に稼働させるために、エリクシルを集めているんです。ひよはそのためにせっせと働いてきたわけですよ」

「……ワタシも同じなのね」

イオがぽつりとこぼした。わずかに目を伏せて前方を見ている。前を見ているわけではないだろう。前のほうをただぼんやりと見ている。その先に何があったとしても、何もないのとさして変わらない。

「でも、働いたぶん恩恵がえられるなら、悪くはないわ。何もないよりはいい」

「本当に――」

ヒヨはイオの耳許《みみもと》に唇を寄せて訊いた。

「そう思ってます？」

イオはびくっと身を震わせて、一瞬、横目でヒヨを見た。

何か言いかけたが、言葉が出てこないのか。それとも何か言おうとして、やはり言うべきではないと思いとどまったのか。

ヒヨはイオの頬に小さく音を立てて口づけをした。ふわふわしているくらいやわらかな頬だ。食べてしまいたくなった。うらやましくてしょうがない。

ご主人様のご褒美で加齢を食い止めても、肉体の老化を完璧に防ぐことはできないのだ。前にはなかった皺《しわ》を見つけるたび、その皺が深くなるごとに、ヒヨは焦燥に駆られる。ときどきパニックになる。体をさわった感じが昔と異なっている。自分でもそれがわかる。十年前はもっと肌ざわりが良かった。筋肉がついたわけでもないのに肉が硬い。

それに頭の中は、ヒヨの心は、確実に年をとってゆく。若々しくあろうとすればするほど、ぎこちなく、わざとらしくなってしまうことに、ヒヨは気づいている。どれだけ手を尽くし、どのような犠牲を払ったとしても、若いままではいられない。

私はもう若くない。

過ぎた時間は戻ってこない。

費やせば費やしたぶんだけ必ず時間は減ってゆく。

残り時間を増やすことはできる。それでも時間は限られている。

私はもう若くない。

私は時間を無駄にしてきたのかもしれない。

「イオさん、私は——」

ヒヨはイオの耳朶《じだ》を軽く噛《か》むようにして囁《ささや》きかける。

「何十年後かのあなたです。あなたは私みたいになりたいですか？　私はあなたよりご主人様のことも杭のことも知っています。少しずつ、少しずつ、一歩一歩、ご主人様に尽くして、尽くして、尽くして、尽くして、尽くして尽くして尽くして尽くして尽くして尽くして尽くして、小さな小さなパズルのピースを一つずつ餌として与えられて、それを繋《つな》ぎあわせることで、どうにかこうにか、義勇兵たちやアラバキア王国の人間たち、エルフやドワーフ、オーク、大多数の不死族《アンデッド》たちよりも、グリムガルについて広く深く知っていると言える程度の身分にはなりました。イオさんは、私になりたいですか？　どちらにしても、ご主人様次第ですけれどね。もしご主人様の機嫌を損ねたら、それか、ご主人様がおまえなんかもういらないと考えたら、その瞬間、私は切り捨てられてしまいます。もしかしたら、イオさんが私の後釜ということになるかもしれませんね。私の代わりはあのアリスとかいう子かもしれない。シホルかもしれない。ご主人様次第です。イオさんは私みたいになりたいですか？　あなたは何がしたいの？　何が欲しいの？　杭を完全に稼働させたら、何ができると思いますか？　そのときが来ても、ご主人様はすべてを教えてはくれないでしょうね。私は道具なので。ご主人様に忠実な奴隷なので。ねえ、イオさん、あなたは私みたいになりたいんですか――」

0117A660．終曲よ、鳴り響け

数百台、数千台もの漆黒の馬車が大地を踏み荒らし、黒々とした消えない轍《わだち》を残しているかのようだった。

風早荒野《かざはやこうや》のときに強烈すぎる日射《ひざ》しや気ままに吹き荒れる風に耐えてきた草木は、世界腫の侵略にもあくまで無関心を貫いているようだ。しかし、野獣たちはそうもいかないのだろう。

ハルヒロたちは遥《はる》か遠くを駆けてゆく獣の姿を見かけることはあった。頻繁ではない。せいぜい一日に一度か二度だ。

鳥がほとんどいない。風早荒野に足を踏み入れてもう六日になるが、ハルヒロとランタは空を飛ぶ鳥らしきものを目にしていなかった。視力がいいユメやイツクシマはたまに鳥がいると指さす。めずらしいからだ。

丸っこくて尻尾があるチモ、脚の長い兎《うさぎ》のようなペビーといった、風早荒野のみならずグリムガルに広く分布しているごくありふれた小動物でさえ、なかなか見つからない。イツクシマに言わせれば、蜥蜴《とかげ》や蛇のたぐいも極端に少ないという。

約一ヶ月前、鉄血王国を目指してこの風早荒野を北上した。あの頃とは何もかもが変わっていた。まるで別世界だ。

今、ハルヒロたちは変わり果てた風早荒野を南下している。黒い血が流れる血管のように張り巡らされた世界腫を避ける術《すべ》はない。やむをえずハルヒロたちは、しばしば世界腫をまたいで進んだ。跳び越えることもあった。かなり幅の広い帯、もしくは竜の首のような太い管と化している世界腫に行く手をふさがれた場合は、念のため引き返すことにした。世界腫に物理的な刺激を与えても反撃されることはないようだが、危険がまったくないとは言いきれないのだ。

たいていの世界腫は、ただそこにあるだけの静物にしか見えない。しかし、ゆったりと身をよじる世界腫に出くわすこともあった。ハルヒロたちは紐状《ひもじょう》の世界腫と紐状の世界腫が結びつき、もっと太い世界腫になりつつある場面を何度か観察していた。世界腫に半ばのみこまれて息絶えている獣の死骸なども散見された。

なるべくなら世界腫には近づかないほうがいい。たぶん近づくべきではない。

問題は、世界腫はどこにでもいる、ということだ。

どうやら、世界腫は地の底から染み出すように生じ、どこかへ向かって移動している。ボード野《や》で見かけた世界腫は東へ、おそらく黒金連山《くろがねれんざん》へ、鉄血王国のほうへと伸びていた。ただ、すべての世界腫が鉄血王国を目指しているわけではないようだ。北へ向かっている世界腫もありそうだし、南に向かっている世界腫もあるようだ。東西方向に伸びている世界腫はないとも断言できない。

ハルヒロたちの行く手には冠山がそびえている。どの角度から見ても山並みの形がおおよそ王冠に似ていることから、そう呼ばれるようになったらしい。

冠山から南におよそ百五十キロ、西に百キロ程度進んだところにオルタナがある。

たしか、ハルヒロたちはオルタナに向かっている。ハルヒロはそう思っているのだが、はっきりしたことはわからない。

いや、やはりオルタナだ。さしあたってオルタナに戻るしかない。何度か話しあって、そう決めたはずだ。

熱は引いた。両手の傷はまだ痛む。痛い、とは言わないことにしている。言ってもしょうがない。痛みが和らぐわけではない。

正直、口を開きたくない。

都合がいいことに、イツクシマとユメは周囲を警戒するのと行く道を定めるのに集中しているし、ランタも二人を邪魔するまいと静かにしている。狼犬《おおかみいぬ》ポッチーは必要がなければ吠《ほ》えない。

たまに誰かが話しても、ハルヒロは黙っている。

何日か前まではユメがしばしば声をかけてきたが、そのたびにハルヒロが、大丈夫、とだけ答えていると、それもなくなった。その前後にランタが、放っといてやれ、とユメに言った。ランタに感謝などしないが、そのとおりだ。放っておいて欲しい。

今は何もかもが重荷だ。

つらいとか、苦しいとか、悲しいとか、種別は問わない、どんな感情もハルヒロに重くのしかかる。

何か、どうにかしないといけない。それはわかっているのだが、何をしても無意味だとしか思えない。

歩いても、歩いても、歩きつづけても、目的地には辿《たど》りつけないだろう。

目的地？

そもそも、そんなものがあるのだろうか。

目的？

目標？

何らかの展望？

方向性？

道筋？

体を向けている方向が前だということはわかる。それくらいのことはなんとか、かろうじて理解できる。ハルヒロは前に向かって進んでいるのかもしれない。前へ。一歩ずつ前へ。一歩ずつが無理なら、半歩ずつでも前へ。ずっとそうしてきた。自分なりに足を進めてきたつもりだ。それでどうなった？

このざまだ。

ハルヒロは何も考えたくなかった。考えまいとしても、考えざるをえない。誰しもある状況下で正しい判断を下そうとする。間違いたくない。失敗したくない。できたら利益を生みたい。得がなくても、損失は受け容《い》れがたい。何も失いたくない。傷つかざるをえず、どうしても何かをなくすのであれば、せめて最小限に留《とど》めたい。最善だったかどうかはわからない。でも、がんばった。よくやった、と思いたい。

ぜんぶ無駄だったのだ。

ハルヒロは結局、穴を掘っていたようなものなのではないか。ちょっとずつ掘って、掘って、掘って、掘りつづけて、穴の脇に土を積み上げた。汗まみれで自分が掘った穴を見下ろしたり、土の山を眺めたりすると、誇らしい気持ちにもなった。最初よりいくらかは穴掘りがうまくなったような気がするし、土の山はだいぶ大きくなっている。何だ。すごいじゃないか。やればできるんだ。

それで？

この穴は？

何のための穴なのか？

ただの穴？

これまで自分がやってきたことは、穴を掘るだけ？　穴を掘った？　ただそれだけ？

いや、そんなことはない、と誰かに相談したら慰めてくれるかもしれない。グリムガルで目を覚ましてから今日まで、色々なことがあったじゃないか。出会いがあった。別れもあった。たくさんの景色を見た。自分の力で、仲間たちと力を合わせて、成し遂げたこともあるじゃないか。今はそう思えないかもしれないけれど、その瞬間瞬間は無数の色に彩られて輝いていたはずだ。何の役にも立たない、ただの穴を掘ってきたのとは違う。決して無駄なんかじゃなかった。結果的に報われていないからといって、過程を否定するべきじゃない。そんなことを言いだしたら、どうせみんな死ぬのだから生きることに意味はなくて、生まれること自体が完全に無意味だという話になってしまう。

そうだよな、とハルヒロも思わないわけではない。だいたい、意味なんてそこにあるものではない。見いだすものだ。たとえハルヒロが穴を掘っていただけだとしても、その行為に意味を見いだすことができるのなら無意味ではない。穴を掘っていて、楽しいことばかりではなかったが、満たされた日々も確実にあった。そのときのハルヒロはそこに意味を見いだしていた。

今、空虚なだけだ。

いや、喜んで穴を掘っていた記憶が、余計にハルヒロを苛《さいな》んでいる。

こんなことになるのなら、穴なんか掘らなければよかった。

こんなにも失うのなら、何も欲しくなかった。何もいらなかった。

時間だ。

時間が必要なんだ。

マナトのときも、モグゾーのときも、そうだったじゃないか。しばらくの間は我慢するしかない。

——で？

いつまで耐えればいい？

だめなのか？

終わらせてはいけないのか？

誰が禁止している？

すまない。

ユメとランタに謝ろうか？

ごめんな。

もう無理みたいだ。

無責任だと思う。ここで脱落するのはどうなんだろうって。まだ二人がいるのにな。逃げるみたいで、卑怯《ひきょう》だよな。

でも。

だけど、さ。

ランタにはユメがいて、ユメにはランタがいるだろ？

ユメにはイックシマとポッチーもいるわけだろ？

おれは？

おれには？

何がある？

わかってるよ。おれがここで逃げだしたら、ユメとランタが、どんなに——

どんなに。

けど、そのために、おれ。

おまえたちのために、そこまでがんばらなきゃいけないのかな？

逃げちゃ、だめかな？

たいしたことじゃないだろ？

特別なことは何もしなくていい。おれを放っておいてくれればいい。置いてってくれるだけでいいんだ。おれ、べつに何もしないよ。ただここにいるだけだよ。座ってるよ。そのうち横になるよ。一回、横になったら、たぶん起き上がらないと思うんだ。きっと起き上がれない。いいんだ、それで。

おれにはそれがふさわしい。

終わりにしたいんだ。

終わりにしたい。
終わらせよう。
終わろう。
終わりにするよ。
終わらせてもいいだろ？
終わるだけだ。
ただ終わるだけなんだ。
終わりは近い。
すごく近い。
だから、終わらせよう。
誰も文句を言わないでくれ。
どのみち終わるんだよ。
みんな終わる。
何もかも終わる。
始まったときから終わることは決まっている。
始まったときにはもう終わりつつある。
あとは終わるだけだ。

終わりの風景が広がっている。

世界腫に引き裂かれた風早荒野《かざはやこうや》はどう見ても終末的だ。

この手で幕を引くまでもなく、すべてが終わろうとしているのかもしれない。

終わるんだ。

終わる。

終わろう。

何も言わなくたっていいよな？

誰にも断らなくていいよな？

許しなんかいらない。

終わるだけだ。

ただ終わらせるだけなんだ。

いつの間にか狼犬が隣を歩くようになった。気のせいかと思った。たまたまかと思ったが、ポッチーは腹をこすりつけるようにしてくっついてくる。

あっちへ行けよ。

離れてくれよ。

終わらせたいんだよ。

終わらせようとしているだけなんだよ。

やめてくれ。

終わらせたいのに、邪魔をしないでくれ。

ときどき振り返っておれを見上げたりしないでくれ。

ユメもやめてくれ。

休んでいるときに肩を寄せてきたりしないでくれ。

昔話なんかしないでくれ。

ランタもやめろ。

くだらない下品な冗談を飛ばして笑ったりしないでくれ。

イツクシマが満天の星を仰いで立っていた。

「俺は、生きてるぞ」

「何だよ、ソレ」

ランタが笑った。

ユメは跳び上がって叫んだ。

「んんっにゃあああ！　ユメもなあっ！　生きてるやんかあああああ……！」

「ケッ！　オレもだっつーの……！」

ランタが負けじと怒鳴った。

「オレ様は生きてンぞォォォォォ……！　どォーだこのクソッタレエエエェェェ……！」

やめてくれ。
終わらせたいんだ。
終わらせようとしているんだ。
終わりにしたいのに、どうしてか終わらせることができずにいるんだ。
自分が何にしがみついているのか、すがりつこうとしているのか、わからない。
簡単なことなのに。
ただ終わらせればいい。
そうすれば、終わる。
何も見えなくなる。
何も聞こえなくなる。
何も感じなくなる。
何もなくなる。
それでいい。
なくなってしまえ。
後悔も、願いも、何もいらない。
なんで終わらせることができないのか。
何が引き止めているんだ。

怖くなんてないのに。この期に及んで怖いわけがない。心残りもない。思い残すことなんて何もない。あったとしても、終わらせたい。終わらせるほうがたやすい。

朝が来る。

また朝がやって来てしまう。

世界腫に引き裂かれた大地の果てに朝日が昇る。

膝を抱えて地平線の彼方《かなた》から顔を出した日輪に別れを告げたい。

これが最後だ。

今度こそ、さようなら。

約束するよ。

次はない。

だから、教えて欲しい。

そんなふうに毎日毎日飽きることなく照りつけて、虚《むな》しくないのか?

こんなふうに役立たずの体を温めてもらったところで、何一つ返せない。

報いられることのない繰り返しをもうやめようとは思わないのか?

狼犬《おおかみいぬ》が冷たく濡《ぬ》れた鼻面を押しつけてくる。顔を舐《な》める。狼犬は何でも知っているような瞳《め》をしている。

おれには何もわからない、と呟《つぶや》いてみる。

「行くぞ、ヴォケ」

ランタに頭を叩《たた》かれた。

「もお！　そうゆうことしたらあかんねやんかぁ！」

ユメが頰を膨らませて抗議すると、ランタは生々しい傷痕が目立つ顔を大仰にゆがめて下唇を突きだした。

「加減してるっつーのッ！　ンなのコミュニケーションの範疇《はんちゅう》内だろうがッ。いちいちうっせェーなァ、チューしちまうぞコラッ」

「チューはなあ、ユメなんにもしてないのにこないだいきなりしてきたやんかあ！」

「何っ」

「ウォオオォォォーイィィッ!?　オオオォォォオッサンッ、血相変えて矢ァ向けンなッ！つか、速《はや》ッ！　弓構えて矢つがえンの瞬速すぎッ！　チチチ違ッ、ごッ、誤解だッ！　ユメがパルピロばっかでちょっとこう、なんつゥーか、わかんねェーワケじゃねェーケド、オレがいンぞみてェーな!?　ソコはバッチシ示しとかねェーと的な!?　オオオオッサンも男ならこのニュアンスは伝わるだろッ!?」

「知るか」

「だだだだから弓をギリギリ引き絞ンなって……ッ！」

「もうランタはチュー禁止やからなあ！」

「エエエエエエェェェェェェェーーーーーッ!? ウッソォォォォーンッ!? ずっと!? 永遠にィィーーッ!? チューナシ!? マジかッ!? 正気かおまえ!? おまえだってイヤがってなかったじゃねェーかァッ!?」

「びっくりしたしなあ。いやとかじゃないけど、急にやったしなあ?」

「ホラァーッ! イヤじゃなかったンじゃんかァッ! ホラアアァァァー……ッ!」

「ユ、ユメ……」

「オッサン落ちこんでらァッ! 大のオッサンが膝から崩れ落ちるトコ初めて見たわ! 残念でしたァーッ!」

「お師匠、どうしたん? だいじょうぶかあ?」

「いィーッて! いィーンだって、ユメ! 今、おまえに慰められたら余計につらいだけなンだって!」

「ぬう? そうなん?」

終わらせてもいいのではないかとハルヒロは思う。

おれはみんなの足を引っぱるだけだ。

おれがいなくても、みんなは歩いてゆく。

おれは歩けない。

もう歩きたくないんだよ。

言えないだけだ。

どうしても言いだせない。

それで、黙ってついてゆく。

破れかぶれだ。

どうにでもなれ。

歩けばいいんだろ。

歩くよ。

どこから始まってどこまで続いているのかわからない黒い管と黒い管、世界腫と世界腫の間を歩いてゆく。

「――ダアァクソッ！」

ランタが地面を蹴って回れ右しようとする。この先で世界腫と世界腫は網目状になっている。世界腫を踏まずに進むのは難しいだろう。

ランタが、イツクシマが、ユメが、踵《きびす》を返して、立ちつくしているハルヒロをポッチーが見上げる。

ハルヒロは歩きだす。

「オイ……」

ランタに呼び止められる。

ハルヒロはかまわず歩きつづける。

世界腫を踏みしめることはしなかった。ただ踏んづけて先へと進んだ。

今さら何を恐れることがあるのか。怖くなどないのだ。初めからこうすればよかった。

終わらせよう。終わりにしよう。終わらせたい。

そうだ。

ハルヒロは終わりに向かって歩いている。進む方向にあるのは終わりなのだ。

どういう形で終わるのか。何が終わらせるのか。それはわからない。どうでもいい。何にせよ、いずれ終わる。それだけは間違いない。

ハルヒロは遠くにそびえる冠山だけを見すえて足を前へ前へと進めた。足場が土だろうと草だろうと世界腫だろうと気にはならない。何だって同じだ。

ランタやユメ、イツクシマが追いかけてくる。みんなはどうしているのか。世界腫を踏んでいるのか。知ったことではない。

ポッチーはときどきハルヒロの前に現れる。視界から外れることもある。

冠山に近づけば近づくほど、世界腫が勢力を広げてゆく。

世界腫が張り巡らせた網の目は細かく、細かくなる。

地表は世界腫に覆い尽くされようとしている。

世界腫が地上をほとんど占めている。

いつしか日が傾いている。

目を焼くような西日も世界腫を照らすことはない。世界腫には光沢というものが一切ない。世界腫の黒は闇よりも暗い。その黒はどこまでも深く底がない。

ハルヒロは世界腫の上に立っていた。

少なくとも、ハルヒロの前には世界腫と夕焼け空しかない。

冠山だと思っていた。

どの方角から見ても王冠の形をした山並みだと。

いや、それは冠山だ。

冠山も世界腫に覆われていた。

遠目にはわからなかった。

冠山の麓や中腹でうごめくものがある。

世界腫なのか。世界腫の集合体が隆起するか何かして、そのような形態をとっているのだろうか。

そうではない。

なぜハルヒロは違うと考えたのか。

あれを知っているからだ。

ハルヒロは風早荒野《かざはやこうや》で何度となくあれを目撃した。見ただけではない。しがみついた。

「巨人……」

細長巨人だ。

人知の及ぶところではない、あの細長い輪郭が特徴的な巨人たちは、風早荒野を自由に闊歩《かっぽ》していた。巨大すぎて仰ぎ見てもどのような顔をしているのか確認できなかったが、まさに我が物顔だった。とてつもない天変地異で風早荒野の地形が変化したとしても、細長巨人たちはびくともしないだろう。人間やエルフ、ドワーフ、オークたちが滅んだあとも、細長巨人たちは悠々と存在しているに違いない。

言ってみれば、生き物というより神に近いものなのではないかと、ハルヒロは頭で考えるのではなく感じていた。

その細長巨人たちが世界腫にとらえられている。

ぱっと見ただけで、冠山の麓に二体、中腹に一体、もっと上のほう、山頂付近にも一体の細長巨人らしき姿が認められる。立っている細長巨人はとりあえずそれだけだと思うが、ハルヒロの数百メートル前方で悶《もだ》えるように動いているものも細長巨人なのではないか。何もかも真っ黒なので見分けがつきづらいが、黒い地面から黒い細長巨人の上半身が生えているかのようだ。そこが窪《くぼ》んでいて、細長巨人が落ちそうになっているのかもしれない。蟻地獄《ありじごく》に引きずりこまれまいとしてもがいているようにも見える。あるいは、冠山の麓に細長巨人が嵌《は》まりこむほどの大きな穴でもあるのかもしれない。

世界腫は地の底から生じる。

ひょっとしたら、その穴から世界腫は発生しているのかもしれない。

そんな穴があっただろうか。ハルヒロは知らない。目にしたことはない。イツクシマに聞いた覚えもない。

ボード野《や》の谷底からも世界腫は生じていた。この一帯の世界腫は冠山の地底から発生しているのかもしれない。もはや冠山自体が世界腫と化しているようにも思える。

実際、そうなのかもしれない。

冠山だけではないのかもしれない。

他の場所でも似たようなことが起こっているのかもしれない。

グリムガル中で世界腫が発生しているのかもしれない。

世界腫がグリムガルを覆い尽くそうとしているのかもしれない。

あれは、世界腫とは、グリムガルが罹《かか》った、抗《あらが》いがたい、致命的で、治癒不能な病のようなものなのかもしれない。

グリムガルは死のうとしているのかもしれない。

わからない。

ハルヒロにはわからない。

わかるわけがない。

終わらせなくても終わろうとしているのかもしれない。
そのうちすべてが終わってしまうのかもしれない。
これが本当の終わりなのかもしれない。

0118A660・未来へ

やがて黒きもの来たりて世界を飲み干す。

最も深きところの底にて黒きものが去るまで息を殺して待て。

黒きものがもたらす災厄のあと新しき夜明けが我らを迎えるであろう。

かつて一人の賢者《ウゴス》がそう予言した。

最初の賢者《ウゴス》、いまだに彼を超える異才は生まれていないと評されている、種族最高、無上の幻視者であるトゴロゴが、その恐るべき未来を視《み》たのだ。

王たる者の役目は、ただ種族を守り、繁栄させ、その権能を次代へと引き継がせることだけではない。トゴロゴが幻視した来たるべき災厄に備えねばならない。

トゴロゴは十代前の王《モガド》に仕えていたという。当時の王はトゴロゴの助言を聞き容《い》れてダムローに最も深き谷《オオドンゴ》を掘りはじめた。それは災厄の日、身を隠すための避難所となるだろう。その後、トゴロゴは死んだ。五代前の王がこの最も深き谷《オオドンゴ》をついに完成させ、災厄の日までこれを賢者《ウゴス》たちの住まいとし、あまねく種族の宝を秘蔵することにした。災厄を潜《くぐ》り抜けたあと、我が種族に最も深き谷《オオドンゴ》以外何も残っていないという事態は避けねばならない。五代前の王はそう考えたのだ。我々《ゴブリン》のすべてが災厄を免れ、生き残ることはできないだろう。生き残るべき者が選別されねばならない。

王グァガジンは最も深き谷《オオドンゴ》の最深部でまんじりともせずにいた。

その部屋には種族の宝が並べられ、玉座とそれを囲む賢者《ウゴス》たちの座が設《しつら》えられて、壁にはトゴロゴの予言に基づいた絵が刻まれ彩色されている。

最も深き谷《オオドンゴ》の縦穴の底から横穴を掘り進めさせ、八つの部屋を造らせた五代前の王は、この最奥に位置する部屋を予言の間と名づけた。縦穴の底から厚い鉄扉を開けて各部屋を通り抜けなければ、予言の間に辿《たど》りつくことはできない。

一代前、グァガジンの先代にあたる王は、ある日錯乱して災厄が訪れたと誤認し、予言の間に閉じこもった。先代の王はやがて自ら扉を開けて出てくると、予言の間には呪いが充《み》ち満ちていると騒ぎだした。何のことはない。扉を閉めると予言の間は完全に密閉されるため、王は次第に息苦しくなったのだ。

我々《ゴブリン》は体内の毒素を吐く息に混ぜて排出しており、その毒素が充満した場所では水中のように溺れてしまう。先代の王は、賢者《ウゴス》たちが突き止めたその事実を愚かにも信じなかったが、グァガジンは違った。王になると早速、賢者《ウゴス》たちの進言を容れて、八つの部屋にそれぞれ側道や空気の貯留槽を増設させた。火もまた毒素を撒《ま》き散らすことが判明したので、交配によって生みだした光を放つ飛長虫《とびながむし》を繁殖させ、主な光源にした。

今、この予言の間にも無数の発光長虫《はっこうながむし》が飛び交っており、グァガジンや賢者《ウゴス》たち、身を寄せあって隅で震えている五人の王妻、十六人の幼い王子らを照らしている。

もっとも、グァガジン自身、己の在位中にこれらの措置が実際に役立つ日が来るとは必ずしも思っていなかった。予言は無視できないが、いつ黒きものが襲来するのか定かではないのだ。今代かもしれない。次代かもしれず、五代先かもしれない。十代先かもしれない。それならばむしろ、我々は予言の日に備えながらも、勇気を持って外へと拡張すべきなのではないか。

我々の勢力をダムローの外へと広げるにせよ、課題はあった。課題しかないと言っても過言ではないほどだった。

何を措《お》いても、我々は総じて短命すぎる。

グァガジンのような王種でさえ、物を覚えるようになってから百を三十束ねた昼夜を生きられれば上等だ。多くの者は、百を十束ねた昼夜を過ごす頃には足腰が立たないほど弱っている。賢者《ウゴス》たちは百を四十束ねた昼夜を越えることもあるほど長生きだ。それも、利発な者を選《よ》り分け、極力運動を避けさせるようにして十分な栄養を与え、保護しているからに過ぎない。たまに生まれる大柄種《ホブ》の中には王種と同程度の寿命を持つ者がいるが、あれらは物覚えが悪く、きわめて愚鈍だ。

明らかに我々はもっと賢くならねばならないが、ほとんどの者が百を十束ねた昼夜しか生きられないのでは、学べることは少なく、ようやく習い覚えた事々もその者の死とともに雲散霧消してしまう。

グァガジンは自分たちが人間族やオークより劣っていることを認めていた。王になってから、その最大の要因は寿命の短さにあるのではないかと考えるに至った。

予言の間の玉座にグァガジンは黙って座っている。王を取り囲む賢者《ウゴス》たちも口を噤《つぐ》んでいる。王妻、王子たちも、たまに囁《ささや》き合うくらいでおおよそ静かにしている。閉ざされた予言の間で災厄が通りすぎるのを待っている間は、なるべく毒素を放たないようにじっとしていることが肝要だからだ。

黒きものがダムローに入りこんできたとの報《しら》せを受けて、グァガジンは最も深き谷《オードンゴ》に避難することをためらった。皆が訪れた災厄を恐れ、大混乱に陥っている中、王たる自分が我先に予言の間へと逃げこむべきなのか。賢者《ウゴス》たちの諫止《かんし》を振りきり、グァガジンは黒きものの侵入をなんとか食い止めようとしたのだ。

結果的に、その甲斐《かい》はなかった、ということになるだろう。

もはや時間の経過を知る術《すべ》もないが、グァガジンは六昼夜にわたっていと高き天上《アアスバアシイン》に留《とど》まりつづけた。しかし、いよいよ黒きものが最も深き谷《オードンゴ》に達しようとした時点で決断せざるをえなくなった。

グァガジンは伴《とも》の者たちに守られて最も深き谷《オードンゴ》の内壁に巡らせた階段を駆け下りていった。階段を下りきる前に黒きものが内壁を流れ落ちはじめた。黒きものがぼたぼたと降ってくるあの光景が忘れられない。グァガジンは恥も外聞もなく悲鳴をあげたのだ。

王妻、王子らは何昼夜も前に最も深き谷《オオドンゴ》へと下ろしていたし、主立った賢者《ウゴス》たちも予言の間に勢ぞろいしていた。

予言の間の扉を閉めきった瞬間のことを、グァガジンは覚えている。賢者《ウゴス》や宝物に囲まれ、玉座に腰かけて、何人もの妻と子が一緒であっても、もう自分は王ではないと痛切に感じた。

あれ以来、グァガジンは悔いている。

グァガジンはいと高き天上《アアスバアシイン》から動くべきではなかったのかもしれない。死ぬしかないのだとしたら、王たる者にふさわしい死に場所はいと高き天上《アアスバアシイン》だったのではないか。

王になってから、いや、王になる前から、まともに話が通じるのは賢者《ウゴス》たちだけだった。その賢者《ウゴス》たちも、我々は長命種を目指すべきだとグァガジンが主張すると、控えめに反対意見を述べた。特権階級を占める王種が絶対に賛成すまい、謀反を企てる王種すら現れかねないと忠言する賢者《ウゴス》もいた。

だが、その王種が何をしてきたか。ただ他の者たちより長く生きて、その間、享楽してきただけではないか。王種たちは王種同士で血を混ぜ合い、短命の者たちを蔑んで、権力闘争と美食、荒淫に耽《ふけ》ってきた。短命の者たちを殺しあわせ、共食いさせる悪習を悪習とも思わない醜悪な王種こそ、我々が抱える悪腫なのではないのか。

そして、グァガジンもまた、その悪腫たる王種の一人なのだ。

「共食いだ」

グァガジンは呟《つぶや》いた。

賢者《ウゴス》たちは全員うつむいていた。何人かが顔を上げて王を見た。

予言の間の扉が外側から何かに強く圧迫されて軋《きし》んでいる。ずいぶん前からだ。最初は賢者《ウゴス》たち、王妻、王子らが怯《おび》えて騒いだが、すでに誰も気にしていないのか。恐怖することに慣れたのかもしれない。

「王種や賢者《ウゴス》は共食いをしない。そうだろう？　短命の者たちは共食いをする。王種はずいぶん前に共食いをやめた者たちの末裔《まつえい》なのだ。賢者《ウゴス》たちよ。おぬしらに我々の死について調べさせたな。短命の者たちは、足腰が萎える前にひどく夜を恐れるようになり、わけのわからぬことを言い散らすようになる。次第に言語が不明瞭になり、歩行が困難となって、寝たきりとなり、息が止まる。これが典型的な短命の者たちの死に方だ。そうだったろう？　しかし、王種や賢者《ウゴス》がそのような死に方をするのは稀《まれ》ではないか？　この王たるグァガジンが見知っている限りでは、ただ一人しか知らぬ。我が叔父上、先代の王、ボドジンだ。ボドジンは奇行を繰り返したあげく、周囲の者たちに罵詈雑言《ばりぞうごん》を浴びせ、玉座にしがみついて離れなくなり、大小便を垂れ流しながら泡を噴いていた。賢者《ウゴス》たちよ。おぬしらも知っていよう。ボドジンは悪趣味なことに短命の者たちを殺して食らっていた。密《ひそ》かに共食いをしていたのだ。我々はまず共食いをやめるべきだったのではないか？」

　グァガジンは宝物の鎧《よろい》を身にまとい、王冠を被《かぶ》って、王笏《おうしゃく》を手にしていた。その他にも身につけられるだけの煌《きら》びやかな宝をすべて身につけている。それらを一つ残らずかなぐり捨てたかった。グァガジンが欲しかったのはこんなものではない。

「共食いを禁止するべきだったのだ。それによって起こるだろう食糧難を解決する方法は必ず見つけられたはずだ。やはり我々は外に出るべきだった。我々は臆病だったのだ。たしかに予言は正しかったのだろう。トゴロゴは本物の幻視者だった。しかし、我々にはトゴロゴのあとに続く幻視者がいなかった。トゴロゴの世代であれば賢者《ウゴス》といえども共食いをしていたはずだ。共食いをしなければトゴロゴはもっと長生きできたかもしれない。トゴロゴはたくさんの未来を視て、我々に道を示していたかもしれない。短命の者たちも共食いをしなければ王種と変わりないとしたら、彼らの中から数多くの聡明《そうめい》な者、力強き者が輩出されたはずだ。さすれば我々はもっと賢く、もっと強くなることができたに違いない。共食いがなくなれば、女たちが産み育てた子らを食われる悲しみを味わうことはない。次から次へと産み捨てるように子を産まなくていい。我々は一人一人の同胞を大事にできたかもしれない。この王たるグァガジン一人がこのような考えを持つだけでは変わらない。この考えを繋《つな》ぎ育てようにも、我々は早く死にすぎる。我々は共食いをやめるべきだった。なぜもっと早く気づかなかったのだろう？　賢者《ウゴス》たちよ、教えてくれ。この王たるグァガジンはやはり愚かだったのか？　愚かすぎたのか？」

居並ぶ賢者《ウゴス》たちは皆、うなだれてすすり泣いていた。王妻や年長の王子たちはむせび泣いていた。幼い王子たちも悄然《しょうぜん》としていた。

百を数十束ねたよりも多いだろう発光長虫が、予言の間の中をすさまじい勢いで飛び回っている。

扉だけではない。石畳を敷きつめた床が、予言者トゴロゴが幻視した災厄の模様を描いた壁が、頑丈な柱と梁《はり》で支えられている天井が、いや、予言の間全体が震えている。

「我々に明日はないのか？」

グァガジンも嗚咽《おえつ》をこらえきれなかった。

「我々は何を間違ったのだ？　黒きものとは何なのだ？　何が我々を滅ぼそうとしているのだ？　賢者《ウゴス》たちよ、どうか教えてくれ。この王たるグァガジンは愚かであった。グァガジンの責であるのなら、グァガジンだけを滅ぼしてくれ。何も我々すべてを滅ぼすことはないではないか。我々を根絶やしにするな。黒きもの、災厄よ、我々を皆殺しにはしないでくれ。我々は共食いをやめよう。皆で賢くなろう。強くなろう。かつて不死の王《ノーライフキング》は我々の手をとり、胸に抱いて、ともに立とう、ともに立つことができると励ましたという。そうだ。我々は立つことができる。我々は蛮族ではない。少なくとも、他の者どもに蛮族呼ばわりされ、見縊《みくび》られる境遇に甘んじてはいない。我々は進むことができる。我々に明日があれば歩むことができる。災厄よ、我々を滅ぼすな。我々に機会をくれ――」

固く閉ざして何重にも閂《かんぬき》をかけている扉が押し開かれようとしていた。

グァガジンは玉座から立ち上がった。予言の間にしまわれていた鎧や首飾り、耳飾り、腕輪、等々、王たるグァガジンが身につけているこれらの宝は特別な力を秘めているはずだ。オルタナの各所で発見された宝もある。昔、人間族と取引して受けとった宝もある。数少ない冒険家がどこからか持ち帰った宝もある。今こそ隠された宝の力を発揮するときなのではないか。

「我々は、滅ぶわけにはいかないのだ！」

ああ、扉が開く。

黒きものが予言の間になだれこんでくる。

グァガジンは王笏を掲げ、宝よ、力を、と叫んだ。

0119A660．君は僕の運命

黒い水面に羽を畳んだ白鳥を思わせる城郭の姿が映っている。大量の灯火に照らされているあの城は実際、オーク語でウェハゴラン、白鳥城と呼ばれているらしい。

ひしゃげたひょうたんのような形をしたカンダー湖は、なんでもグリムガル最大の湖なのだとか。白鳥城とその城下町である勝ち鬨の都《グロズデンダール》は、カンダー湖の西岸、ひょうたんのくびれの西側に位置している。そのくびれかたが独特で、南のほうにきゅっと突きだしているこどもあって、現在クザクとセトラがいるこの南岸から白鳥城までは五、六キロしか離れていない。今夜は無風で湖面がほとんど鏡と化しているから、まるで白鳥城が二つあるかのように見える。

クザクは腕組みをして何度もうなずいた。

「星なんかもめっちゃきれいだしなぁ」

呟いたクザクの後頭部を、すかさずセトラが叩《たた》いた。クザクは思わず、痛《いて》っ、と声に出しそうになったが、慌てて口を手でふさいで事なきをえた。

わかっている。わかってますって、とクザクは身振りで示してみせた。このカンダー湖南岸にいるのはクザクとセトラだけではない。迂闊《うかつ》にしゃべるな、静かにしていろ、ということだろう。

もっとも、そこまで用心することはないのではないか。

クザクとセトラはまさに湖岸にいる。このあたりはほとんど砂浜で、あと何メートルか進めば波打ち際だ。

左に視線を向ければ、南征軍の野営地が広がっている。オークだの不死族《アンデッド》だの灰色エルフだので構成された南征軍は、黒金連山《くろがねれんざん》からえっちらおっちら行軍してきて、ここカンダー湖南岸の漁村近くでいよいよ最後の野営としゃれこんでいるのだ。

といっても、柵を立てたり櫓《やぐら》を組んだりは一切していない。ぽつぽつと篝火《かがりび》が焚《た》かれていたり、松明《たいまつ》を持った歩哨《ほしょう》があちらこちらに立っていたり、ゆっくり歩いていたりもするが、万全の体制で警戒に当たっているという印象は受けない。むしろ、その反対だ。もう夜半を過ぎている。大部分の兵がぐうすか眠りこけているのではないか。

南征軍は朝が来たら数キロ西に進み、カンダー湖に流れこんでいるルコという川に架けられた橋を渡る。そうしたら、あとはグロズデンダールまでセトラ曰《いわ》く「シコノカン」だ。

シコノカン、というのは目と鼻の先、ようするに、すぐ近く、という意味らしい。

明日、ではない。すでに日付が変わっているので今日だ。南征軍は今日中にグロズデンダール入りする。色々あったわけだが、影森からエルフを追い出してみたり、オルタナを陥落させてみたり、ドワーフの女王たちを殺してみたり、たいそうな戦果を挙げて帰ってきたのだから、兵たちにしてみればまあ凱旋《がいせん》気分なのではないか。

色々あったし、色々あるので、実はこの南征軍は本隊ではない。別隊なのだ。ジャンボのフォルガンなどを含む本隊は黒金連山に残っていて、マガ・オドハとかいうオークがこの別隊をここまで率いてきた。

末端の兵たちと違って、たとえばそのマガ・オドハのような指揮官クラスは複雑な心境かもしれない。少なくとも、勝った勝ったと浮かれて、さあ家に帰ってゆっくり休もう、といった気持ちにはなれないだろう。

「色々あったしねぇ……」

またうっかり呟いてしまった。

当然、またもやクザクはセトラに叩かれた。

悪い悪い、とクザクは手振りを交えて謝ってみせる。セトラは呆《あき》れ顔《がお》だ。そういうところは変わっていない。

クザク自身、あまり変わっていないという実感がある。もちろん、まったく、何一つ、どこも変わっていない、とは言えない。

一例を挙げれば、二人は真っ暗なカンダー湖畔に佇《たたず》んでいるわけだが、クザクはセトラの顔がはっきりと見える。セトラも同様だろう。

それから、体がやたらと軽い。目立たないように今は鎧をつけておらず、黒っぽい衣類を着用しているのだが、べつにそのせいではない。裸でも前とは違う。やけに元気だ。

記憶はある。

こうなる前のことは忘れていない。

ハルヒロ、ランタ、ユメのことも覚えている。

黒金連山の鉄血王国を脱出したあと、クザクは、そしてセトラも一度死んだ。その瞬間のことは正直、曖昧だが、やっべぇ、死ぬ、と思い、たぶんクザクはそのとおり死んだのだろう。

生き返ってからは、おそらく体の中がめちゃくちゃで、頭の中もぐちゃぐちゃだった。少しずつ整理されてゆき、あるタイミングで、そっか、メリイサンの言うこと聞いてればいいんだ、と考えた。見た目はメリイでもメリイではない。そんなことはクザクもわかっていたのだが、とりあえずメリイサンの言うとおりにしよう、と決めた。それが一番いい。正しいことだと、クザクは理解していた。

変わっていない部分は変わっていないが、やはり以前の自分とは別人なのだろうとクザクは感じている。

悪くはない。

今の自分でいることが不快ではない。

楽しいか？　楽しくないか？

それなりに楽しい。クザクは今の自分を楽しんでいる。

セトラがクザクの背中を手で軽く押した。そろそろ行くぞ、の合図だ。クザクはうなずいてみせた。

二人は首巻きを目のすぐ下あたりまでずり上げ、外套《がいとう》のフードを被った。これで覆面を被っているのとだいたい同じだ。ほとんど肌が露出していない。いい具合に黒ずくめだ。

セトラが先行して、クザクはついてゆく。

ふと、クザクは思う。俺って、こんなにすいすい歩けたっけ？

前は何かこう、どんなことをしてもすんなりとはいかないというか、もどかしかったような気がする。ああしたい、こうしたい、こんなふうにしたい、とイメージしても、なかなかそのとおりにはならなかった。

きっと体が大きいせいだ。クザクはそう考えていた。

背が高すぎる。手脚が長すぎる。胴だって長い。持てあましているのだ。筋力が足りないのか。鍛えてみたりもしたが、筋肉をつけて体重が増えるとそれはそれで不都合が生じた。ちょうどいい案配というものはそう簡単に見つからないもので、自分のベストがわからない。他人に相談するわけにもいかなかった。自分自身の体のことなのだ。結局、クザク自身がどうにかするしかない。無我夢中で集中しきっているようなとき以外は、俺ってとろいな、とか、なんでこんなに不器用なのかな、とか、この図体《ずうたい》のわりにはパワー足りてないって、とか、とにかく悪いところが気になって仕方がなかった。

かといって前のクザクは、たくさんある自分の欠点をそこまで深刻に受け止めてはいなかった。他者に厳しいほうではなかったと思うが、自分自身に対しても甘かったのだ。甘やかされるのが好きだったし、甘やかされたいから他人にも甘くなった。

わりとキモいやつだったかもね、俺。

今のクザクはそんなふうに思っている。

そういうやつがいても、まぁ悪くはないんだけどね。

他人事《ひとごと》のように、そう思う。

セトラとクザクはどんどん南征軍の野営地に近づいてゆく。

野営地の外縁にはさすがに歩哨がぽつりぽつりと立っている。セトラは大胆にも歩哨と歩哨の間を平然と歩いてゆく。クザクも続いた。オークたちが雑魚寝している。厚手の布や毛皮を地面に敷いてその上に寝ている者もいれば、地べたに直接横になっている者もいる。百人か数百人のオークが野宿していて、だいたいその中心に天幕がある。おそらく部隊長は天幕の中で眠っているのだろう。いいご身分だ。天幕の近くには松明を持った護衛の兵が立っている。篝火も設置されている。むくりと起き上がってどこかへふらふら歩いてゆくオークもいる。小用でも足しに行くのだろう。

誰もセトラとクザクに気づいていない。見かけても、まさか侵入者だとは思いもよらないのだろう。

野営地の中心あたりに立派な円形の天幕が張られている。あの大きさだと、一家族か二家族が暮らせそうだ。もともとオークの大半は、荒れ野に天幕を張って暮らしていたらしい。あの天幕などはさしずめ氏族長の家といったところだろうか。

大きな天幕が、それよりも小ぶりな五張りか六張りの天幕に囲まれている。あの一帯はけっこう明るくて、歩哨の数もさすがに多い。オークは古来、巨大な猪《いのしし》みたいな動物を飼育して乗用にしているようだが、その獣も何頭か繋《つな》がれているのが確認できる。

南征軍別隊を率いるマガ・オドハは、おそらくあの大きな天幕の中だ。クザクたちは旧鉄血王に頼まれて三日前にグロズデンダールを目指し出発するまで、旧鉄血王国の防衛に当たっていた。

最初は王とクザク、セトラしかいなくて寂しい限りだったが、幸い旧鉄血王国内とその周辺にはドワーフやエルフ、オークなどの死体がいくらでも転がっていた。今やすっかり覚醒してしまった王は、偉大というか笑えてくるほどすごい力でもって、それらを転化させることができる。王の臣民、不死族《アンデッド》の出来上がりというわけだ。壊れて動かなくなった不死族《アンデッド》も新しい不死族《アンデッド》のパーツとして再利用《リサイクル》できる。

しかも、不死族《アンデッド》は世界腫に強い。そもそも王は、世界腫に対抗するための手段の一つとして不死族《アンデッド》を生みだしたのだという。不死族《アンデッド》たちが人間の壁ならぬ不死族《アンデッド》の壁を作ってみせれば、世界腫は容易に近づいてこられないのだ。

もっとも、世界腫以外にも敵はいて、南征軍本隊の連中がなんとか旧鉄血王国に入りこもうと色々な手を打ってきた。クザクとセトラは王に頼まれて主にこちらを担当した。殺すしかない場合は殺したが、何人かは生け捕りにして王が尋問した。王は人間の言葉でもオークの言葉でも、むろん不死族《アンデッド》の言葉でもペラペラなのだ。

こうして入手した情報をもとに、王はクザクとセトラに今回の仕事を依頼した。いきさつからすると、頭ごなしに命令されても拒否はしないのに、いちいち頼んでくるあたりが王らしい。王は王と呼ばれるのも本当は嫌なのだとか。今度、何か別の呼び方を考えてあげたいものだ。

マガ・オドハは有力氏族オドハの長で、初めからディフ・ゴーグン大王と仲が良かったわけではないようだ。

ディフ・ゴーグンもマガ・オドハも氏族長で、ゴーグン氏族とオドハ氏族の間にもとくに優劣はなかったらしい。格としては同じくらいで、ようするにライバルだったのだろう。マガ・オドハにしてみれば、同格のディフ・ゴーグンに従う道理はない。

だからマガ・オドハは当初、やんのかこら、とファイティングポーズをとっていたようだが、因縁をつけられて喧嘩《けんか》したらヘコまされたり、意地悪をされたり、部下が懐柔されて寝返ったり、キレてカチコミをかけたら待ち伏せされていてさんざんな目に遭ったり、そうこうしている間に外堀を埋められまくって、とうとう膝を屈するしかなくなった。

ただ、マガ・オドハは、臣従する代わりに我がオドハ氏族をがっつり優遇しろ、さもなくば全滅するまで戦ってやる、というかおまえを殺して俺も死ぬ、くらいの覚悟を見せた。ディフ・ゴーグンは、言うねぇ、さすが気合い入ってるわ、男じゃん、といった具合に感心し、喜んでこれを受け容《い》れたらしい。

マガ・オドハはオドハ氏族の伝統に則《のっと》って体毛を緑と黄に染め分け、大薙刀《おおなぎなた》を自由自在に使いこなす豪傑なのだとか。けれども、オークの間では武闘派というより頭脳派で、賢い男、と見なされている。物知りで、読み書きもちゃんとでき、クザクたちの王ほどではないだろうが、語学にも堪能なのだという。オークの言葉以外の言語も使いこなし、フォルガンのジャンボなどとも比較的親しい。今となってはディフ・ゴーグン大王の腹心の一人で、直言できる間柄のようだ。

セトラはマガ・オドハの天幕を囲む天幕と天幕の間に滑りこんだ。クザクもあとを追う。五メートルも離れていないところに歩哨がいたのに、よく見つからなかったものだ。前のクザクだったら、きっとかなりひやひやしていただろう。今も、大丈夫、絶対平気、と思っているわけではない。どうかな、見つかっちゃわないかな、と危惧してはいる。いや、危惧とはまた違うかもしれない。恐怖心がほとんどない。ほとんど、というか、まったくない。やばいことになったらなったで、そのとき何が起こるのか、自分がどうなるのかも含めて、楽しみだ。

楽しみなことは色々ある。

たとえば、ハルヒロに会いたい。

クザクと再会したら、ハルヒロはどんな顔をするだろう。今のクザクを知ったら、ハルヒロは泣くだろうか。笑うだろうか。怖がったり、混乱したりするかもしれない。

この手でハルヒロを殺《あや》めたら、クザクはどう感じるだろう。

前のクザクはハルヒロが好きだった。ちょっとやそっとの好きではなかった。どこもかしこも好きで、尊敬していた。ハルヒロに心酔していた。

今のクザクはどうなのか。

嫌いにはなっていないと思う。今のクザクもハルヒロのことはきっと好きだ。

ただし、ハルヒロの心臓を剣で貫くことができないかというと、たぶんできる。

前のクザクなら、何があってもできなかった。ハルヒロを殺すくらいなら自死することを選んだだろう。

今は、興味がある。

具体的にクザクはどう変化したのか。ハルヒロに会えば、いくらかはわかりそうだ。殺したら、もっとはっきりする。いきなり殺さなくても、半死半生のハルヒロの首に手をかけて、本当に、すぐ殺せる、という状況で、クザク自身、何を思うのか、どんなことを言うのか、ハルヒロはどうするのか、できることなら試してみたい。

セトラは天幕と天幕の間を抜けても立ち止まらなかった。あとはマガ・オドハの大天幕まで一直線だ。

大天幕の出入口は正面にある。こちらは裏手だ。

歩哨《ほしょう》は近くにいた。三メートルと離れていない場所に武装したオークが立っている。兜《かぶと》からこぼれる髪が緑と黄だ。オドハ氏族のオークらしい。

歩哨のオークはまだセトラとクザクに気づいていないようだ。まあ時間の問題だろう。二人はそのオークのすぐそばを普通に歩いて大天幕に肉薄しようとしているのだから、気づかないわけがない。

セトラが剣を抜いて大天幕に突き刺した。

その音を聞きつけたのだろう。歩哨のオークがこっちを向いた。

かまわずセトラは剣で大天幕の厚布を骨組みごと縦に斬り裂いた。

オークが彼らの言葉で何か怒鳴った。そのときにはもう、セトラとクザクは厚布の裂け目から大天幕の中に飛びこんでいた。天幕の壁の骨組みをだいぶ壊してしまったが、それくらいで崩れてしまうようなものではない。この大天幕は頑丈だ。大天幕の内部は中央に煙突付きの暖房器具があって、低い寝台が一台、机、椅子、棚、長持ち、樽《たる》などが置かれている。寝台で寝ていたオークが跳び起きた。この大天幕の中にいるのはあのオーク一人だけのようだ。

「クザク」

セトラに指示される前に、クザクは動きだしていた。頭の働きがいまいち鈍いという自覚はある。それでも、こんなときにやるべきことを忘れてしまうほど間抜けではない。

そのオークは百九十センチあるクザクより大柄だ。背より幅と厚みがすごい。長いざんばら髪と髭《ひげ》は緑と黄に染め分けられている。前合わせで帯を巻いて留める着物のような服しか着ていない。寝間着なのだろう。

オークは懐から短刀を取りだして鞘《さや》を払おうとした。クザクはそれより早くオークの左手首に手刀を叩《たた》きこんだ。オークは「オッ……」と短刀を取り落とした。ごめんね。クザクはそう思いながらオークの鳩尾《みぞおち》に左拳をめりこませた。ほぼ同時に右の掌底でオークの顎を下から打ち抜く。やはりクザクの体はずいぶんよく動いてくれるようだ。疲れも感じない。実に快調だ。これだけ思いどおりに動けてしまうと、本当に気分がいい。

「ヌァグァッ……！」

オークはクザクに抱きつこうとした。とっさに逃げようとするのではなく、攻撃を選択するあたりはたいしたものだ。けれども、オークは冷静な判断の下にそうしたのではない。本能か、苦し紛れか。クザクはオークの抱きつきを難なく躱《かわ》して背後に回りこんだ。オークを羽交い締めにして、その体勢のまま寝台に座りこむ。オークはもちろん抵抗して暴れようとした。気持ちはわかるが、無駄なことだ。

「マガ・オドハ将軍」

セトラがオークの喉元に剣を突きつけた。

「我々は不死の王《ノーライフキング》からの使いだ」

「――ヌッ……」

その名を聞いた途端、マガ・オドハは抗《あらが》うのをやめた。とりあえず、かなり驚いてはいるようだ。

オークの兵士たちが何か叫びながら大天幕に入ってきた。セトラは出入口のほうには目もくれずにマガ・オドハを見すえている。一瞬でマガ・オドハを絶命させることができるだろう剣先は、まったくぶれない。

「下がらせてくれ。我々は話がしたいだけだ」

「……ワガァ、グッドァ……」

マガ・オドハは呻《うめ》くように言ってから、兵士たちに何か命じた。兵士の一人が反論したものの、マガ・オドハは強い口調で重ねて申しつけた。兵士たちはクザクたちに背を向けずに大天幕から出ていった。

まだ何人かの兵士は、セトラが大天幕に斬り開けた穴から中をのぞいている。しかし、突入してくる様子はない。

「ノッドラァゴォ……不死の王《ノーライフキング》、だと……?」

マガ・オドハがごぉごぉと喉を低く鳴らしながら言った。

「おまえたち……人間だ。人間が……不死の王《ノーライフキング》の、使い、だと……？」

「そのとおりだ」

セトラは依然として剣を持つ手を微動だにさせない。

そういえば、セトラサンはどうなのかな、とクザクは思う。

前のセトラと、今のセトラ。どこまで変わっておらず、どこが違っているのだろうか。クザクがしつこく尋ねても、セトラはろくに答えてくれない。少なくとも、以前より無口になったのではないか。もともとこれ以上ないほど沈着な人だったが、さらに感情を表に出さなくなった。

「我々は一度死んだ。不死の王《ノーライフキング》がその一部を分け与え、我々を人ならざるものに変えた」

「……ヒト……人間ではない、のか？」

「かつて最初の子ら《ファイブチルドレン》、あるいは〝五公子《ファイブプリンシズ》〟と呼ばれる者たちがいた。ご存じか」

「……知っている。今も、イシ王、デレス・パイン、アーキテクラ、ギャビコ……生きている」

「我々も彼らと同じ存在だと思ってくれてかまわない。ようは、新たな公子《プリンス》だ」

セトラが真顔でそんなことを言うものだから、クザクはつい少し笑ってしまった。

「なんか柄じゃないし、セトラサンはプリンスってよりプリンセスだけどね」

「余計なことを言うな」

睨《にら》みもしないで注意されると、どうも寂しい。どうせなら、ガン睨みされた上で殴られたり蹴られたりしたいものだ。俺、マゾなのかな、とクザクは怪しんだりもする。誰にでもそんなふうにされたいわけでは決してない。ただ、セトラにきつく当たられるのはけっこう好きだ。

「不死の王《ノーライフキング》の、プリンス……」

マガ・オドハは、フーッ、と鼻から息を吐いて、頭をわずかに揺すった。

「信じろ、と……言うのか」

「いいや」

セトラは急に剣を引いた。それだけではない。剣を手放した。セトラの剣は地面の上に敷かれている絨毯《じゆうたん》に落ち、鈍い音を立てた。

「強制はしないが、信じていただきたい。言ったはずだ。我々は話がしたい。クザク」

「了解」

クザクはマガ・オドハを解放するなり寝台から離れ、セトラの隣に移動した。先に片膝をついて頭を下げたのはセトラだった。クザクもそれに倣った。

「非礼をお詫《わ》びする、マガ・オドハ将軍」

セトラは顔を伏せたまま言った。

「しかし、こうでもしなければ将軍に近づくことはできなかっただろう。我々は戦いを望まない。将軍が統率する兵を一人も死なせたくはない。そのために、このような手段を採らせてもらった。どうかご理解いただきたい」

　クザクはいつでもセトラの剣を拾って攻撃に転じることができる。野営地の兵士たちを斬り破って逃走することも不可能ではないだろう。やってみないとわからないが、今のクザクとセトラならたぶんなんとかなる。ただし、それはあくまでも最終手段だ。

「……戦いを、望まない」

　マガ・オドハは寝台に座ったままでいる。クザクが叩き落とした短刀なり、寝台の近くに立てかけてある大薙刀なりを手にとることもできるだろうに、そうしていない。

「話が、したい。そう、言ったな」

「まさしく」

　セトラはまだ顔を上げようとしない。じっと真下に目を落としている。

「王は対話を望んでいる。あなたがたと友になりたい。諸王連合の時代と変わりなく、それこそが王の願いだ」

「友に……」

「付け加えれば、王は我々に命じたのではない。我々に頼んだのだ。自分の代わりにあなたがたのもとへ行って、この思いを伝えてくれと」

セトラの言葉を聞いていると、不死の王《ノーライフキング》の声や顔が思いだされた。

もし王があの姿をしていなかったとしたら、どうだろう。ひとっ走り行ってきてくれ、お願い、頼む、と言われて、はーいＯＫ、と二つ返事で承知することはさすがになかったかもしれない。

それとも、王がどのような王であれ、関係ないのか。

言ってみれば、王は命の恩人だ。古いクザクたちをもとにして、新しいクザクたちをつくった。ある意味、産みの親でもある。

果たしてクザクたちは王に逆らえるのだろうか。

もしかすると、王に頼まれたら断れないのかもしれない。どんなに無茶な要求でも、何らかの強制力のようなものが働いて、拒むことはできないのかもしれない。わからないが、やぁどうだろ、やっぱそれ、やりたくないっす、と言えそうな気はする。

ただ、顔がね？

もちろん、声もだけど。

メリイサンなんだよなぁ——というのは正直、ある。

クザクも理解してはいるのだ。王はメリイのようであって、メリイではない。王の中にメリイがまだいるのかどうかも判然としない。ひょっとしたら、本当にもうガワだけなのかもしれない。

だけど、メリイサンなんだよなぁ。

どうしても、そう思ってしまう。

覚えてはいないのだが、クザクはメリイのことが好きだったのではないか。彼女に恋愛感情を抱いていたのではないかと、クザクは疑っている。

しかし、ハルヒロがメリイを好きで、メリイもハルヒロのことが好きだった。二人とも純情で奥手だから、どのくらい進展していたのかは定かではないが、相思相愛だったことは間違いない。

おそらくクザクはメリイに好意を持った。恋をしてしまった。

クザクの性格からして、好きになったら明確に好き好きビームを放ったはずだ。自分が告らないということはまずありえないと思う。そして、撃沈した。はっきり失恋したのか、やんわり躱されてしまったのか。どちらにしても、その後、ハルヒロとメリイが接近した。というか、ハルヒロのほうがメリイとは付き合いが長いはずだし、もともと好きだったのではないか。

でも、そこはハルヒロだ。何しろ、ハルヒロだし。あのハルヒロのことだから、ずっとぐずぐずしていたに違いない。それでも何だかんだ紆余《うよ》曲折《きょくせつ》あって、ようやく二人はくっついた。本当に、どこまで進んでいたのだろう。興味津々だが、不明だ。とにかく、何やらいい感じにはなっていた。そこであんなことが起こってしまった。

前のクザクならさぞかし痛んでいただろう胸が、今はむしろ躍っている。

もうね。

かわいそうだよなぁ、ハルヒロ。

こんなことあるんかって。

あっていいのかって。

あっちゃうんかーいって。

ほんと、ね。めちゃくちゃかわいそうだよな。クソほどショック受けてるだろうなぁ、ハルヒロ。

こんな目に遭って、ハルヒロは立ち直れるのだろうか。死んでいなければの話だが、なんとなく生き延びていそうだとクザクは見ている。しぶといんだよね、ハルヒロは。

それに、あの人、やけに運がいいんだよな。

ハルヒロ自身はそんなふうに思っていないかもしれないが、事実が証明している。どう考えても死なないわけがない状況で、ハルヒロは何度となく命拾いしてきた。よっぽどツイていないと、クザクのようにうっかり死んでしまう。あれは運だ。ハルヒロは運がいい。めったなことでは命を落とさないだろう。

だから、ハルヒロはきっと大丈夫だ。

今もどこかで生きている。

不死の王《ノーライフキング》は、マガ・オドハ将軍、ひいてはオークの大王ディフ・ゴーグンと向かいあって語らいたいようだが、クザクが話したい相手といえば、断トツでハルヒロだ。

ハルヒロ、俺さ、メリイサンと一緒にいるんだよ。今はちょっと離れてるけど、行動をともにしてるっていうかね。中身は違っても、やっぱりメリイサンなんだよな。

メリイサンの一部が俺の中にいるんだよ。

わかっちゃうんだよね、それが。

俺とメリイサンは別々なんだけど、どこかで繋《つな》がってるっていうか。

ほら、俺、メリイサンのこと好きだったじゃん？　フラれたのかどうかはわからないけど、最終的にはハルヒロとメリイサンが、みたいな感じになってたじゃん？

最終的、じゃないか。

続きがあったわけだよね。

俺はメリイサンと一緒だけど、ハルヒロはそうじゃないわけだし。

たぶん俺、こうなったら永遠にメリイサンと一緒だと思うんだよね。

でも、言っとくけど、俺がそうしたかったわけじゃないよ？

とにかくこうなっちゃったんだよね。それで、これはこれで悪くないなって俺は思ってるんだよね。セトラサンもいるし、少なくとも寂しくはないどころか、その反対かな。不安とかないしね。錯覚なんだろうけど、何でもできちゃいそうな気がしてるし。

クザクがそんな話をしたら、ハルヒロはどういう顔をするだろう。泣くだろうか。きっと泣きじゃくるんじゃね？

見てみたい、とクザクは思う。号泣するハルヒロを、じっくりと眺めたい。そのときクザクは何を感じるだろう。とても興味がある。

セトラはマガ・オドハに仲介してもらってディフ・ゴーグン大王と面会するための交渉を淡々と進めている。それは王の望みだし大事なことなのだろうが、クザクはハルヒロに会いたい。いつかその機会が巡ってくるだろう。今から楽しみでしょうがない。

「おい」

セトラがクザクの脇腹に肘鉄を食わせた。

「……え？　何？　何すか？」

「聞いていなかったのか」

セトラがクザクに向ける冷たい眼差《まなざ》しは殺気を孕《はら》んでいる。怖い、怖い。クザクはえへへと笑ってみせる。

「や？　聞いてたよ？　だいたいだけど。なんとなくはね。あ？　話、終わった？」

「諸般の事情を勘案して、我々はいったん捕虜としてグロズデンダールに連行されることになった。その後、どうにかディフ・ゴーグン大王に謁見できるよう、マガ・オドハ将軍に取り計らってもらう」

「ほりょん？」

「捕虜だ」

「えぇ？　それって、俺ら捕まるってこと？　いいんすか、それで？」

「将軍の立場を考えろ。突然、陣中に突入してきた者を賓客扱いするわけにはいくまい」

「敵じゃないよってことで一人も殺さなかったんだけどなぁ。誰かと話すってのもけっこう難しいんすね。まぁ、いっか」

クザクは言われる前に立ち上がって、身に帯びていた武器をすべて外した。一応、裸になったほうがいいかマガ・オドハに訊《き》いてみたが、その必要はないとのことだったので、服を着たまま両手を挙げた。

「はーい。縛るなり何なりご自由にどうぞ」

「もっとまともな態度をとれないのか」

セトラに苦言を呈されてしまった。そのセトラもクザクと同じように自ら武装解除した。マガ・オドハはむしろ呆気《あっけ》にとられている様子で、なんだかちょっと笑えた。

こうしてクザクとセトラは拘束されて捕虜となった。とはいえ、後ろ手に手枷《てかせ》を嵌《は》められはしたものの、杭《くい》に縛りつけられたり檻《おり》に閉じこめられたりしたわけではない。まだ夜明けまで間があったが、マガ・オドハは全軍に起床、出立の準備を命じた。南征軍別隊は日の出前に行軍を開始した。

行軍中、クザクとセトラは大勢のオーク兵士たちに取り囲まれて歩いた。将軍と違って兵士たちは野獣のような体臭を放っていてなかなかきつかったが、彼らは遠征帰りなのだからこんなものだろう。それに、臭いにはそのうち慣れた。

日が昇りはじめた頃、ルコ川を渡った。石造のアーチを連ねた橋は堅固そうで、恰好《かっこう》がいい。

クザクはすでにカンダー湖越しにグロズデンダールを目にしていたし、へぇ、白鳥城いいね、ふぅん、わりと都会？　くらいに思っていたのだが、とんでもなかった。わりと都会、どころではない。半端ではない建物の数だ。オークは体が大きい。小さい家には住めないからなのか、基本的にどの建物もでかそうだ。

グロズデンダール都市部の郊外に広がっている農地も壮観だった。道や防風林できれいに区切られた畑には青々と作物が茂っていて、ところどころに風車小屋が建っていたり、家屋や蔵が集まっていたりする。それがどこまでもどこまでも続くのだ。もう文明的すぎてやばい。オルタナの周りにも畑やら牧草地やらはあったが、規模が違う。違いすぎる。天と地ほどの差がある。

橋からグロズデンダールへと延びる道路は、石で舗装されていた。この道路の幅がゆうに十五メートルはあって、マガ・オドハ率いる南征軍別隊も楽々と行進できる。まったく窮屈ではない。

南征軍別隊はグロズデンダールの手前で停止し、道脇の草っ原で待機していなければならなかった。待たされている間も、街並みを眺めているだけで暇潰しになった。

やがて方々から民間人らしいオークの老若男女が押しかけてきて、歓声をあげたり、拍手したり、口笛を吹いたり、南征軍別隊の兵士たちに色とりどりの花びらや酒らしき液体を浴びせたりしはじめた。

歓呼して迎えられているのは兵士たちだし、隣のセトラは無表情どころか完全に無反応を貫いていたが、クザクは血が騒いだ。たしかにクザクには関係ない。けれども、少しくらいなら喜んで騒いだりしてみても文句を言われることはないのではないか。

セトラには確実に叱られるだろうが。

だよねぇ。怒られるよねぇ、絶対。

いっか、べつに。怒られても。

「いぇーいっ！　やっほぉーい……！」

そんなわけでクザクも声を出してみたのだが、案の定、セトラに足の甲を全力で踏み抜かれて、「――うぎぃっ!?」と悲鳴を上げる羽目になった。

「……砕けるってぇ。セトラサン。骨がさ。粉砕骨折しちゃうよ。痛いってば」

「どうせ治る」

「まぁねぇ」

　そうこうしているうちに、クザクとセトラは兵士たちとは別に護送されてグロズデンダール入りした。諸般の事情とやらで、そこからは馬車に乗せられての移動だった。馬ではなく、巨大な猪《いのしし》のような生き物に牽《ひ》かせているので馬車ではないのか。窓を閉めきった馬車ではないのかもしれない馬車には、クザクとセトラ以外にもオークの兵士二名が乗りこんだ。見張りだろう。

「ねぇねぇ、セトラサン。あのでっけー猪みたいな獣、何ていうか知ってる？」

「さあな」

「訊いてみてよ。俺らを見張ってるオークに」

「私だってオークの言葉はわからない。知りたければおまえが訊け」

「やっすよ。そんな、めんどくさい」

「おまえは質《たち》が悪くなったな……」

「えぇ？　そぉ？　もともとこんなんだけど？　セトラサンは前にも増してつれなくなったよね。仲よくしようよ。せっかくだしさ。仲間じゃん。今はもう運命共同体みたいなものなわけじゃん。あっ、そうだ。セトラサン、今度さ、俺と子作りしてみない？」

「……何だと？」

「子作り。一回、試してみない？　一回じゃなくてもいいけど。俺らにできたりするのかなぁ？　子供。できるとしたら、どんな子供が生まれるんだろうね。興味ない？」

「興味本位か」

「いや？　セトラサンとなら、俺はめちゃくちゃ前向きにしたいけどね。したいって言うとあれだけど。下ネタとかじゃないからね？　マジの話。まず見た目が好きだし、性格もある意味、かわいいしさ」

「ある意味とはどういう意味だ」

「どういう意味だろ？」

「おまえが言ったんだぞ」

「まぁようするにさ。好きってこと。愛してるかいって訊かれると微妙だけど、好きだよ、俺、セトラサンのこと」

セトラはため息をついてみせただけで、何も答えなかった。

馬車ではないのかもしれない馬車はずいぶん長い間がたごと走った。とうとう馬車ではないのかもしれない馬車が停止するまで、見張りのオーク兵二人は一度も口を利かなかった。ひたすら黙ってクザクとセトラを見張っていた。ちなみに、オーク兵は二人とも髪の毛を赤と青に染め分けていた。クザクは、その髪イカしてんね、と声をかけてみたりもしたのだが、無視された。恐ろしく忍耐強いオークたちだった。体格もいいし、橙色《だいだいいろ》の衣に銀色の鎧兜《よろいかぶと》、手斧《ておの》に長剣という装備も上等そうだ。ただの見張りではなくてエリート兵なのかもしれない。

馬車ではないのかもしれない馬車から下りると、白鳥城の真ん前だった。正面から振り仰いだ白鳥城は、蒼空《そうくう》に羽ばたこうとしている純白の巨鳥に見えた。

白鳥城へと続く真っ白にしか見えない石段の両脇には、橙衣《とうえ》に銀鎧、手斧、長剣、さらに槍《やり》と盾を持ったオーク兵がずらりと並んでいる。彼らの兜からこぼれる頭髪も赤と青だ。たぶん同じ氏族なのだろう。

このような場でどんなふうに振る舞うべきなのか。クザクにわかるわけもないので、セトラに従うしかない。二人はオークたちに前後を挟まれて石段を上がってゆき、幅十メートル以上、高さは十五メートルを超えるだろう、金で色々な模様が象眼された壮大にも程がある門を通り抜けた。その先はもう白鳥城の内部だった。

白鳥城はとにかく天井が高かった。広すぎて、どの方向にどこまで廊下が延びているのか、にわかには判然としない。窓は高いところにしかなく、そこから射《さ》しこむ光が磨き抜かれた床に反射している。武装したオークもいれば、平服というか、艶のある着物のような服を着ているだけで武具を身に帯びていないオークもいるが、見たところオークしか目に入らない。オークだらけだ。

クザクは人間――というか元人間だからかもしれないが、意外だった。すっと背筋を伸ばして着物的な服を着こなし、美しい色に染めた髪を束ねたり撫《な》でつけたり編んだりしているオークたちは、なかなか粋だ。

城内には男性だけでなく、女性もいる。人間を基準にするとオーク女性はそうとうがっちりしているが、首が長くて頭が小さいのでスタイルが良く見える。

緑色の肌がなんとなく爬虫類《はちゅうるい》っぽいというか、どうしても奇異に映るものの、オークが好んでいるらしい毛髪や着衣の派手めな色とは相性がいい。

クザクが想像していたより、オークはお洒落《しゃれ》種族のようだ。おかげで城内を長々と歩かされている間、クザクはまったく退屈しなかった。嫌気が差すどころか、気分が上がった。通りすがりのオーク女性に声をかけて、どうっすか、踊りませんか、みたいに誘ったらだめだろうか。だめか。だめだろう。捕虜だし。捕虜なのかな？　捕虜の扱いではないようだな。ナンパくらいしてもよくね？　いけんじゃね？　いく？　いってみる？

ずいぶん迷ったが、クザクは衝動を抑えた。偉いよね、俺。自分を褒めてあげたい。

あちこち歩かされた末に、クザクとセトラは城内の一室へと通された。その部屋はそれほど広くはなかった。白鳥城の規模から考えると、こぢんまりとした部屋だ。天井も低めだった。それでも四メートル程度はありそうだが、廊下がすごい天井高だったので、多少圧迫感がある。床には毛の長い絨毯《じゅうたん》が敷かれていて、絹か何かの着物を身にまとったオークたちが座っていた。どのオークも椅子を使わず、尻の下に座布団を敷いてあぐらをかいている。雰囲気的に上流階級だろう。七人いる。オークの年齢はよくわからないが、七人とも若くはなさそうだ。

ここまでクザクとセトラを連れてきたエリート兵たちは、二人の手枷を外すと部屋から出ていってしまった。

しばらくの間、クザクは所在なく、セトラは悠然と突っ立っていた。

おそらくなかなかの高齢だろう、皺《しわ》くちゃで骨張っているオークが言った。

「座りたまえ」

はっきりとした人間の言葉だった。

部屋の隅にたくさんの座布団が積まれている。セトラがそこから座布団を二つ持ってきて、一つをクザクに渡した。

「どこに座ったらいいんすかね？」

クザクはセトラに訊いたのだが、さっきの高齢オークが自分の左隣を手で示した。

「ここに」

七人のオークはおおよそ車座になっている。もっとも、きっちり円陣を組んでいるわけではないし、きちきちに詰めているわけでもない。間隔は広めで余裕がある。セトラが高齢オークの左隣に座ったので、クザクはその逆側の右隣に座布団を置いて腰を下ろした。

「おまえな……」

セトラは眉をひそめた。オークたちはちょっとうろたえているようだ。高齢オークは当惑しているのか。何回かセトラとクザクを交互に見た。

「え？　だめっすか？　なんかでも、さすがに俺とセトラサンが並んだら狭いかなって。バランスとったほうが――」

クザクは途中で口をつぐんだ。誰かが部屋に入ってきた。やはりオークだ。

そのオークは颯爽《さっそう》と現れた。橙色の衣に黒い羽織、白、赤、青三色染めの外套《がいとう》と、ずいぶん華やかな出《い》で立《た》ちだが、どぎつくはない。赤と青に染め分けた髪と髭《ひげ》は一分の乱れもなく整えられていて、唇の端からのぞく牙は白く艶やかだ。文句なしの偉丈夫で、美男子だとさえクザクは思った。頭に載せた金の王冠はむしろ上品で、非常に似合っている。

「……もしかして、大王？」

クザクの呟《つぶや》きが耳に入らなかったとは思えない。しかし、ディフ・ゴーグン大王らしきそのオークはクザクには一瞥《いちべつ》もくれずに座布団をさっと二つ手に取って、高齢オークの向かいあたりにそれらを重ねた。大王は腰に煌《きら》びやかな剣を差していた。その剣を腰帯から抜いて床に置き、座布団に尻を落ちつける一連の所作も、凜《りん》として洗練されていた。

これまた予想外だった。

オークの大王というくらいだから、もっとやばいくらいにごつくていかにも強々《つよつよ》しい、強面《こわもて》中の強面で、はちゃめちゃに凶暴そうな、それでいて狡猾《こうかつ》そうというか抜け目がぜんぜんない、そんなオークをクザクは想像していた。何しろ、オークだけに。先入観というものは恐ろしいものだ。クザクは偏見にとらわれまくっていたのだろう。

「ディフ・ゴーグン大王であらせられる」

高齢オークはそう言うと膝に手を置いて頭を下げた。他のオークたちも同じようにお辞儀する。クザクも慌ててオークたちを真似《まね》しようとしたが、セトラは大王を見すえて微動だにしていない。いいのだろうか。礼をしなくて。セトラがしないなら、いいか。

大王が何か言った。オークの言葉だろう。高齢オークが顔を上げた。

「この幕室《トナク》では無礼講ゆえ、互いに敬意さえあれば過度の礼儀は不要であると、大王は仰せられた」

「……てか、あなためっちゃ流暢《りゅうちょう》っすね。俺より難しい言葉知ってそうなんだけど」

クザクが思わず洩《も》らすと、大王がちょっとだけ笑った。ふっ、という感じで、たぶんあれは笑ったのではないか。高齢オークだけではなく、大王もきっと人間の言葉がわかる。そこは念頭に置いておいたほうがよさそうだ。

といっても、高齢オークの通訳を挟んで大王と話すのはセトラの役目だった。クザクはセトラの護衛と言いたいところだが、正直、守るまでもない。「俺が！　この俺が！　全身全霊！　きみを守るから！」などとクザクがのたまったら、セトラに鼻で笑われるだろう。完全に黙殺されるかもしれない。せいぜい付き添い、いや、何か世話するわけではないので、ただそこにいるだけの、単なる同行者だ。セトラにやれと言われたことをやればいいだけだから、気楽でいい。

セトラは不死の王《ノーライフキング》が紛れもなくあの不死の王《ノーライフキング》であること、オークたちと敵対する意思はないこと、現在、旧鉄血王国で新たに不死族《アンデッド》たちを生み、これを転生者《リバーシアン》と呼んでいることなどをディフ・ゴーグン大王に説明した。

そう。そうだった。そういえばクザクとセトラも大枠では転生者《リバーシアン》で、不死の王《ノーライフキング》は転生者《リバーシアン》の創造者にしてリーダーなのだ。転生者《リバーシアン》という名称はクザクも悪くないと思うし、わりと気に入っている。何を隠そう、セトラはオークの大王ディフ・ゴーグンのもとへと遣わされた転生者軍《リバーシアンズ》の使者で、クザクはその単なる同行者なのだ。

セトラが転生者軍《リバーシアンズ》には目的があり、それは不死の天領《アンデッドDC》を支配しているイシ王と〝大公〟デレス・パインの打倒であると話したら、ディフ・ゴーグン大王は高齢オークが通訳する前に表情を変えた。やはり大王は人間の言葉をしっかり理解している。

転生者軍《リバーシアンズ》はイシ王とデレス・パインを排除し、すべての不死族《アンデッド》を解放したい。

ついては、オークたちと手を組みたい。

誰より、オークの大王ディフ・ゴーグンと協力関係を結びたい。

そのために、不死の王《ノーライフキング》は大王との会談を望んでいる。

大王は高齢オークを制し、ついに自ら答えた。

「会いたいものだ。不死の王《ノーライフキング》がまことに不死の王《ノーライフキング》であるのならば。しかし、その証拠がどこにある」

太くて腹に響く声質だが、決して恫喝《どうかつ》的な口調ではない。それでいてすごい威圧感だ。威厳に充《み》ち満ちている、と言うべきかもしれない。

「人間よ。おぬしらは不死の王《ノーライフキング》が寄越《よこ》した遣いだという。それをどう信じればよい。我々は不死の王《ノーライフキング》の名を知る。その事績を知る。だが、誰も不死の王《ノーライフキング》そのものを知らぬ」

「ご懸念はもっともだ」

セトラは落ちつき払っている。あまりに落ちつきすぎていて、クザクはちょっと怖い。

「我が王も証《あか》しを立てる術《すべ》がないことに苦慮している。しかしながら、大王陛下が我が王と直接お会いになれば、必ずや不死の王《ノーライフキング》であるとおわかりいただけよう」

「ならば、遣いなど寄越すのではなく、自ら来ればよかった」

「我が王もそうしたかった」

「できぬと」

「世界腫が我が王を狙っている」

「セカイシュ……」

大王は七人のオークたちを見回した。ほとんどのオークたちは首を横に振ってみせた。はっとしたように口を開いたのは一人だけだった。言葉が違うので、そのオークが大王に話していることの内容はわからない。他のオークたちも近くのオークと何かしゃべりはじめ、部屋の中が急に騒がしくなった。

「その世界腫とは、黒きものがもたらす異変のことか。このところ、各地で報告が相次いでいる――」

高齢オークがセトラに尋ねた。セトラはうなずいた。

「まさにあれが世界腫だ。地の底から湧き現れ、我が王をのみこもうとする。不死の天領《アンデッドDC》のエヴァーレストには我が王の古き肉体が隠されているはずだ。百五年前、イシ王とデレス・パインが共謀し、我が王を封印した。我が王は自身の一部を密《ひそ》かに逃亡させて辛くも窮地を脱したが、復活には長い時を要した。かつて我が王が肌身離さず持ち歩いていた世界腫を遠ざける遺物《レリック》は古き肉体とともにある。我が王はこれを奪還したい」

セトラがもたらした情報は、オークたちにとってよほど衝撃的だったらしい。オークたちは血相を変えて次々とセトラに質問を浴びせた。オーク同士の議論も一気に激しくなった。大王は黙って聞いているが、しきりと頬をさわったり髭をしごいたりしている。心中穏やかではない様子だ。

クザクは欠伸《あくび》をしそうになり、なんとかこらえた。べつに眠くはないのだが、この場にいることに飽きてきた。セトラはなぜ王の使者という仕事を真面目にこなしているのだろう。クザクとしては正直、他にすることもないし、セトラがやると言うなら、くらいの気持ちでしかない。もうちょっと自分なりに何か考えたほうがいいのか。考えるのは苦手だが、やりたいことがないというのも困る。

やりたいこと。

何だろう。やりたいこと。

すぐに思い浮かぶのは、やはりあれだ。

ハルヒロ、かな?

クザクがあれこれ想像を巡らせているうちに、話し合いがまとまったようだ。

ディフ・ゴーグン大王には不死の王《ノーライフキング》と対面する意思がある。ただし、まさしく不死の王《ノーライフキング》であるとの証明がなされていない、海のものとも山のものともつかぬ誰かと会うために出向くことはできない。不死の王《ノーライフキング》とされる者をグロズデンダールに招くことは可能だとしても、条件面での調整が必要なのだとか。ようは、よし、会いましょう、とはいかないけれども、この件については前向きに検討します、ということだろう。

大王率いるオークと、イシ王派、デレス・パイン派の不死族《アンデッド》とは、昵懇《じっこん》の間柄ではないものの、はっきりと敵対しているわけでもない。南征軍には不死族《アンデッド》も参加しているが、彼らはイシ王派、デレス・パイン派とは別の勢力のようだ。両派の打倒を目指す不死の王《ノーライフキング》とオークが手を組むことはできる。少なくとも、その余地はありそうだ。

それから、オークたちは世界腫に関する情報提供を求めてきた。応じる用意がある、というのがセトラの回答だった。我々と仲よくしてくれるなら、知っていることはいくらでも教えますよ、といったところか。

セトラは旧鉄血王国への侵入を試みている南征軍本隊の撤退を大王に求めた。これに対して大王は、攻撃的な軍事行動の停止をただちに命ずることを約束した。攻撃停止だけでいいのか。追っ払わなくていいのだろうか。まあ、こういった交渉事には駆け引きというか、押したり引いたりみたいな部分があるのかもしれない。

結局、何がまとまったのかというと、これからも話し合って何か決めてゆけるような関係構築の地ならしをした、といった感じだろう。

セトラとクザクはディフ・ゴーグン大王との会談内容を持ち帰ることになった。大王が食事に誘ってくれたのに、セトラがあっさり断ってしまってかなり残念だった。二人は白鳥城から馬車ではないのかもしれない馬車に乗せられ、グロズデンダールの郊外に出たところで下ろされた。これもセトラの希望だった。また歩きかぁ、とクザクはぼやきたくなったが、やめておいた。

ルコ川の橋に差しかかる頃には日が暮れていた。橋の上から、川とその向こうに広がるカンダー湖、灯火に彩られたグロズデンダールの街並みを望むと、なかなかすばらしい眺めだった。クザクは思わず声を上げた。

「見て見て、セトラサン！　すっげーきれいだよ！　絶景！　最高じゃね？」

「くだらない。行くぞ」

「いやぁ。もっとこう、何？　心の余裕っていうかさぁ。風流ってものをさぁ……」

「余裕ならある。眺望にはとくに興味がないだけだ」

「持とうよ、興味。人生、楽しもう？」

「人生か」

「そっ。これ、第二の人生なわけでしょ？　俺なんかの場合は、グリムガル前、グリムガル後、それから今で、第三なのかもしれないけど」

「私も楽しんでいないわけじゃない」

「そのわりに、あんまり楽しそうじゃなくね？　そういうとこあるよね、セトラサンは」

橋を渡ったあたりに暗い臙脂色《えんじいろ》の外套を身にまとった一団が立っている。五人か、六人か。一団は道の端にいるので通行の邪魔にはなっていない。とはいえ、警備のオーク兵を除けば一団以外に立ち止まっている者はいないので、見るからに変だ。

「ねぇ、あれって――」

クザクはセトラに声をかけた。セトラはわずかに首を振ってみせた。黙れ、ということだろう。

一団は外套のフードを目深に被《かぶ》っている。肌を出していないし、顔もわからない。オークだろうか。それにしては細身だ。不死族《アンデッド》なのか。

二人は一団の脇を通りすぎた。ややあって一団が動いた。少し間を置いて、二人についてくる。

橋から一キロほど離れたところで、一団が足を速めた。

クザクは前から使っている大刀を背に負っているが、それとは別に鉄血王国で見つけた程よい長さの剣を腰に吊《つ》っている。ドワーフの鍛冶が打った業物だ。クザクはその剣の柄《つか》に手をかけた。

「やっていいよね？」

小声でセトラに尋ねる。

「待て」

セトラが答えて足を止めた。クザクは振り返りざまに剣を抜き放とうとしたが、臙脂外套の一団が一斉にフードを外して頭を下げたので、思いとどまった。

やはりオークではない。不死族《アンデッド》でもない。

全員、髪の色が明るいというよりも薄い。ちょっと黒ずんで見えるほど血の気のない肌だ。細面で目鼻立ちは整っているのだが、ややのっぺりしている。

「……エルフ？」

クザクは剣の柄を握ったまま呟《つぶや》いた。

彼らは耳が尖《とが》っている。

「灰色エルフだな」

セトラが言った。六人のうちの一人、先頭の灰色エルフがうなずいた。

「左様。私はメルデルハイドと申します。我が君ツァルツフェルドの命により南征軍に参加しておりました。あなたがたが不死の王《ノーライフキング》の使者であることなど、事情はある程度了解しております」

「なるほど。メルデルハイド殿といえば南征軍の副将の一人だったはずだ。破れ谷の王の片腕だな」

「へぇ。けっこう偉い人なんだ」

クザクはあたりを見回した。

「そんな偉い人がこんなとこで俺らを待ち伏せするのとかって、どうなんすかね」

「お伝えしたき儀が」

それにしても、メルデルハイドだけでなく、灰色エルフたちは植物のように表情が乏しい。しゃべる際の口の動きも最小限だ。何を考えているのかさっぱりわからない。

「我々破れ谷の灰色エルフは不死の王《ノーライフキング》の忠実な友でありました。我々は不死の王《ノーライフキング》の再臨を念願し、また、予見してもおりました。不死の王《ノーライフキング》が再臨あそばされたのであれば、我々が一切の害をなしていないことはご承知のはず。すべてはイシ王とデレス・パインの奸計《かんけい》によるものです。我々破れ谷の灰色エルフが今も変わらず友であることを不死の王《ノーライフキング》にどうかお伝えいただきたい」

「それはツァルツフェルド王のご意思と考えていいのか?」

セトラが問うと、メルデルハイドは間髪を容《い》れず首肯した。

「不死の王《ノーライフキング》の要請があれば、我が君はすぐさま灰色エルフに破れ谷を捨てて友のもとへ馳《は》せ参じよと命じることでしょう。仮に不死の王《ノーライフキング》がイシ王とデレス・パインを討てと仰《おつしや》るのなら、我々は総力を挙げてそうします。かの公子たちは不死の王《ノーライフキング》の子も同然。ゆえに我々はかの公子たちにあえて手向かう道を選びませんでした。我々は友の子に向ける刃を持たなかったのです。しかしながら、友があの者らはもはや自らの子ではないと仰るのでしたら、一切容赦はいたしません」

「わかった。間違いなく我が王に伝えよう」

「ありがとうございます」

「もしかすると、遠からず私が破れ谷を訪れることになるかもしれない。ツァルツフェルド王によしなに頼む」

「お待ち申し上げております」

メルデルハイドは懐から透明な四角い札のような物を取り出した。硝子《ガラス》なのか。それとも、水晶のようなものだろうか。金属で縁取られていて、紋章のような図案と文字が刻まれている。

「お受け取りください。我が君の名において、ご身分を保障する証しとなります」

「頂戴する」

セトラが札を手に取ると、メルデルハイドは一礼してあとずさりし、フードを被った。灰色エルフたちが踵《きびす》を返して去ってゆく。クザクは剣の柄から手を離した。

「あれ、いいんすかね？　灰色エルフって一応、オークの仲間なんでしょ。オークの大王はなんか、まださてどうしようかみたいな態度なのに、灰色エルフはかなりウェルカムっぽいじゃない。でも、こんなとこで偉い人が俺らに接触してきてさ。そのへん、オーク側に筒抜けじゃね？」

セトラは鼻で笑った。

「おまえもまったく考えていないわけじゃないんだな」

「すぐそうやって馬鹿にするぅ。たしかに頭を使うのは得意じゃないけど、何も考えてないわけじゃないよ、俺？」

「だから、考えていないわけじゃないんだなと言っただろう」

「あ、そっか。じゃ、褒められたんだね」

「褒めてはいない。私は皮肉を言った。つまり、けなしたんだ」

「結局、馬鹿にしてんじゃないっすか。これだからなぁ。ずーっとそれだもん。俺を小馬鹿にして楽しいっすかね？」

「つまらないことをする必要があるか？」

「ん？　どういうこと？」

セトラは返事をしないで歩きだした。べつにクザクを置いてゆくつもりはないようだ。クザクはすぐに追いつき、セトラと並んで歩いた。

つまらないことをする必要があるか？

あの問いかけは、つまらないことをする必要はない、という意味だろう。嫌なら嫌と言う。やりたくないことはしない。もともとセトラはそういう人間だった。

いや、意外とそんなこともなかったのか。セトラなりに空気を読んだり、色々と我慢していたりしたのかもしれない。

二人は道をそれてカンダー湖沿いを進んだ。昨夜も天気がよかったが、今夜も風がなくて波が弱い。湖岸のこの一帯は石ころが多くて、歩いていると心地いい音が鳴る。

「ねぇ、セトラサン。さっきの話だけど」

「さっきとは、いつの話だ」

「第二の？　第三の？　人生、楽しもうよって話。セトラサンは楽しんでる？」

「不死の王《ノーライフキング》には興味がある。その周辺の状況や、過去の経緯にもな。オークの大王もなかなか面白そうな男だった」

「えぇ。ああいうの好きなんだ？」

「好きか嫌いかはさして重要じゃない」

「ふぅん。けっこう大事だと思うけどね。まぁ、人それぞれか」

「おまえの言い方を借りれば、私なりに第二の人生を楽しんでいるということだ」

「そっか。俺もね。どうせならもっともっと楽しみたいし、だったら俺は何をしたら楽しいんだろって、考えてるとこ」

「好きにすればいい」

「や、お互い好きにすればいいってのはたしかにそうなんだろうけど、そしたら話が終わっちゃわね？　適当に流してくれてもいいからさ。聞いてよ、俺の話」

「聞くだけ聞いてやる」

「ハルヒロ殺すのはどうかなぁって」

クザクは言いながら笑ってしまった。手で口を押さえる。噛《か》み殺そうとしても、笑い声がこぼれてしまう。横隔膜の震えが止まらない。セトラが横目でクザクを見ている。もう一回、言いたい。言わないと気がすまない。

「ハルヒロ殺しちゃおうかなって」

「なぜだ？」

セトラは平板な声音で訊《き》いた。

クザクは笑いつづけた。笑いすぎて、涙が出てきた。やばい。セトラがため息をついた。いいかげん呆《あき》れられてしまう。とっくに呆れられているだろうが、クザクとしてもべつに笑いたいわけではなくて、笑わずにいられなかっただけなのだ。

「……いやぁ、あのね？　違うよ？　憎たらしいとかじゃないからね？　セトラサンも知ってるだろうけど、俺、ハルヒロのこと好きだったからね？　だったっていうか、今も好きだよ。会いたい人ナンバーワンだしね」

「会いたいのか、殺したいのか、どっちなんだ」

「うぅん、どっちも、かな？　俺と会ったらハルヒロ、どんな顔するだろうな、とか考えたら、ぞくぞくするし。あと、大好きなハルヒロをこの手で殺したら、どういう感じかな、とかね。何だろ。自分の反応？　感情とか。味わってみたいよね。わかんないけど、ハルヒロを殺すときが一番、わあぁぁーって思いそうな気がするからさ。他の誰を殺すよりもね。自分が死ぬのは一回、体験ずみだし、今度は大好きな人を殺してみたいかな」

「なるほどな」

「セトラサンもわかる？　この気持ち」

「私はとくに誰かを殺してみたいとは思わないが、理解はできる」

「理解はできる、か。セトラサンらしいね」

「私らしさを語れるほど、おまえが私を理解しているとは思えないな」

「まぁね。俺、複雑なことは考えらんないからね。セトラサンってまさしく複雑怪奇だから、俺には解き明かせないよね。でも、マジで俺なりに色々考えてて。たとえば、ただハルヒロを殺すんじゃなくて、そのあとのことも実は俺、ちゃんと考えてるんだよね」

セトラが足を止めてクザクに顔を向けた。まばたきをする。どうやら興味を引くことができたらしい。

「何だ。言ってみろ」

「王に頼もうかなって」

「何?」

「俺たちと同じにしてもらえないかなぁって」

「私たちと……同じ?」

「そっ。これ、できるのかどうか、俺にはちょっと判断つかないから要確認なんだけどね。ハルヒロ殺して、俺たちと同じにしちゃったらどうかなぁって」

クザクは思いきって左右の手でセトラの両肩を摑《つか》んだ。セトラはびくりともしない。じっとクザクを見返している。

「ね、セトラサンはどう思う? あのハルヒロがどんなふうになるのか、見物だと思わない? どうなったってハルヒロはハルヒロだし、俺はハルヒロのこと嫌いになったりしないけどね? ハルヒロだから、殺してもきっと俺のこと許してくれるだろうし、よしんば絶対許さないみたいになっても、それはそれでいったいどうなっちゃうんだ的に楽しみっちゃあ楽しみだしね? どっちに転んでも、めちゃくちゃ楽しそうな展開しか浮かばないっていうか――」

また笑ってしまいそうだ。こらえないと。笑ったらろくに話せなくなってしまう。セトラにちゃんと聞いて欲しい。

「だからね、俺、ハルヒロと会えたら殺したいんだよね。わりとそればっかり考えてるんだよね。たぶん生きてるだろうしね。死んじゃってたらがっかりだけど、俺の勘では大丈夫だって信じてるし、ハルヒロ殺したいなって。なんか熱く語っちゃってごめんね？　どうしても熱が入っちゃうんだよね。ハルヒロに会いたいなぁ。会いたい。殺したいなぁ。ハルヒロ、殺したい。ハルヒロも俺たちと同じになって欲しい。ねぇ、どう思う？」

セトラの目がゆっくりと細められた。

「いいんじゃないか」

口許《くちもと》がほころぶ。唇が少し開いて、両端がわずかに持ち上げられた。

「面白そうだ」

0122A660. Alive

オルタナを囲む防壁は三分の一から半分近くが崩壊していた。ただ崩れている箇所もあれば、壊れて低く落ちこんだところが世界腫の通り道になっていることもある。北門は世界腫のためだけに開かれているかのような有様だった。

オルタナのすぐ南東に位置する丘は、開かずの塔ごと世界腫そのものと化していた。しかも、あの一帯の世界腫には遠目にもそれとわかるほど動きがある。目に見えて形態が変化している世界腫、表面が泡立っていたり波打っていたりする世界腫、明らかに移動していることが見てとれる世界腫は、死んでいるかのような世界腫よりも危険だ。ハルヒロたちは丘に近づくのはやめた。

北西の防壁が一部、二メートルほどにわたって崩れ落ちており、その周辺では世界腫が確認できなかった。そこからオルタナに入ると、北区と西町の境目あたりだった。

北区の西部はもともと古びた木造の建物が多く、西町には廃屋同然の荒《あば》ら家《や》が密集している。街路とはとても呼べないような細い路地がひどく入り組んでいて、見晴らしはかなり悪い。ハルヒロたちは北区の北西端あたりにあるルミアリス神殿へと向かうことにした。

ルミアリス神殿は高台に建っているし、オルタナの中で天望楼《てんぼうろう》に次ぐ高さを誇る石造りの建造物だ。

ルミアリス神殿の前に立つと、オルタナの全景をおおよそ見渡すことができた。
オルタナは世界腫に侵蝕《しんしょく》されている。とくに北区から南区にかけて、天望楼前の広場や花園通《はなぞのどお》り、シェリーの酒場があった天空横丁《てんくうよこちょう》、義勇兵団事務所や職人街のあたりには、幾筋もの真っ黒い川が流れていた。もっとも、想像していたほど悲惨な眺めではない。オルタナにはひとけがなかった。一羽の鳥も見かけない。この街に恐怖を撒《ま》き散らして破局をもたらしたに違いない世界腫も、少なくとも今は活動的ではないようだ。静かだった。ただただ静かに朽ちてゆこうとしている。いつかすべて風化して跡形もなくなるのだろう。まだそうなっていないだけだ。オルタナはさながら死の街だった。

ハルヒロたちは光明神ルミアリスの巨像が安置されている三階の礼拝堂で一息ついた。光輪を背負った女性とも男性ともとれる神像の高さは、十メートルに届かないくらいだろうか。礼拝堂の天井はずいぶん高い。椅子や書見台などが壁際に寄せられ、乱雑に積まれている。破損している物も多い。石の床にはところどころに傷や黒ずんだ汚れがある。広さは十分だ。それどころか広すぎる。数百人が雑魚寝できるだろう。

「ここならよォ、火を焚《た》いても平気そうだよなァ？」

「そうやなあ」

「食いモン、まだゼロじゃねェーケド、確保しとかねェーとな。まァ、探しゃァーなんか見つかンだろ」

ランタとユメは床に毛皮を敷き、その上に並んで座っていた。ランタはさりげなくユメの肩に頭をもたせかけている。ユメは撥《は》ねのけようとしない。

イックシマはポッチーと一緒にルミアリスの神像を見上げている。

ハルヒロは左右の手を順々に、ゆっくりと握ってみた。痛みというほどの痛みは感じない。違和感はある。どちらの手も動かしづらい。たぶん無意識のうちに動作を制限しているのだろう。

体が怖がっている。何を恐れることがあるというのか。ハルヒロにはわからない。

「街を見てくるよ」

「ハルくん一人で行くん？」

「おれ一人のほうがいい」

「……そっかあ」

「行ってくる」

「気をつけてなあ」

ユメは心配顔だった。

「帰ってこいよ」

ランタはぶっきらぼうにそれだけ言った。イックシマとポッチーは黙ってハルヒロを見送った。

ハルヒロは神殿をあとにして西町へと足を向けた。西町は日陰の街だ。どの道を通っても日射《ひざ》しを浴びることはほとんどない。地面は雨露だけでなく人びとや鳥獣の排泄物《はいせつぶつ》を吸いこんで常に湿っている。不潔で悪臭から逃れられない。しばらくいれば慣れてしまうが、久しぶりに訪れると思わず鼻をつまみたくなる。あれだけ臭かった西町で、ハルヒロは顔をしかめることもなく普通に息ができていた。ときおり暗がりで油虫のたぐいが蠢《うごめ》いている気配はしても、鼠《ねずみ》一匹いそうにない。

とある路地を進むと、背の低い鉄扉に突き当たった。鍵穴がついた掌《てのひら》の紋章が彫りこまれている。

ハルヒロは身を屈《かが》めて鉄扉の紋章に右手をあてがった。思いきり力をこめると、右手首が痛んだ。こうやって紋章の部分を押しこむことで、中に合図が送られる仕組みになっている。そのまましばらく待ってみたが、反応はなかった。

ハルヒロは鉄扉を背にして地べたに腰を下ろした。

時間が経《た》ってから、立ち上がってまた扉の紋章を押しこんだ。

それを四度、繰り返した。やはり何も起こらない。

「エライザさん」

ハルヒロは呼びかけてみた。この路地の音は伝声管越しに中で聞きとれる。無駄だろうとは思った。案の定、返事はない。盗賊ギルドも無人のようだ。

西町を離れて、ハルヒロは南区のほうへと足を延ばした。職人街の目抜き通りには何本もの世界腫が絡み合うようにして這《は》っていた。ここには義勇兵たちが頻繁に世話になる鍛冶がいた。織物職人がいた。石工や大工もいた。職人たちの工房は軒並み略奪されたり打ち壊されたりしていて、往時を偲《しの》ぶことすら難しい。職人街の近くには屋台村があった。ハルヒロたちもよくそこで食事をした。ソルゾという麺物を出す屋台があった。煮込み肉が入ったしょっぱい汁に黄色っぽい麺が浸してある。モグゾーが好きだった。そのソルゾの屋台があった場所あたりに、黒々とした世界腫が身を横たえていた。

ハルヒロは義勇兵宿舎に立ち寄った。昔とさほど変わっていない部屋を見て回っても、我ながら不思議なほど何の感慨も湧いてこない。マナトやモグゾーの名を口に出してみても、胸が軋《きし》むことさえなかった。

かつて宿舎の玄関には柱時計が設置されていた。今そこには何もなかった。

ここで時間を確認したっけ。

ハルヒロはそんなことを考えてみた。

義勇兵宿舎で暮らしていた頃、ここにあった柱時計で時間を確認した。

「おれ、どうしちゃったのかな」

時間だ。

時間が必要なんだ。

マナトのときも、モグゾーのときも、そうだったじゃないか。しばらくの間は我慢するしかない。

前にも似たようなことを思った。時間だ。時間が必要だ。ほとんど同じ、もしかしたらまったく同じことを考えた。あのときは、我慢なんかできない、もう耐えられない、と感じていた。だからいっそのこと、終わらせてしまいたい。

なんだかもう、わざわざ終わらせるのも面倒だ。

今、ハルヒロは何をしているのか？

流れに任せている。

どうせ、何もかもなるようにしかならない。なるようになればいい。

ハルヒロは宿舎を出た。日が暮れるまでにはまだ間がある。北へ向かい、ヨロズ預かり商会の跡地を通りすぎそうになって、足を止めた。

「……なくなってる」

正確には瓦礫《がれき》の山が残されている。そこには岩を固めたような見るからに堅牢《けんろう》な造りの倉庫があった。たしか、ジン・モーギスの部下が警備していた。倉庫の中身はよく知らない。おそらく預かり商会が義勇兵たちから預かった金品を保管していたのだろう。

預かり商会。ヨロズ。そういえば、ヨロズは無事なのだろうか。他人の安否が頭に浮かんだのは、ずいぶん久々のような気がする。

そもそも、なぜハルヒロはここを通りかかったのか。

シノハラに言われて、預かり商会の様子を見にきたことがある。そのことがなんとなく引っかかっていたのかもしれない。

「それがどうしたっていうんだ」

わからない。

ただ、何か気になる。

「気になる——のか……」

頭がえらく重たい。

億劫《おっくう》なのだ。

何も気にしたくない。

どんなことも気にならなければいいのに。

すべてに無関心でいられれば、こんなふうに頭が重く、胸が重苦しく、体中が重怠《おもだる》くなることはないはずだ。

ハルヒロは空を仰ごうとした。顔を仰向《あおむ》けることがどうしてもできない。目線だけを上げる。空は低い。

時間か。

時間が必要なのか。

あと何日？
何ヶ月？
一年？
二年か？
もっとなのか？
ハルヒロは歩きだした。
自分自身を沈めてしまおう。
——隠形《ステルス》。
『死ね』
バルバラ先生が笑って言う。
『死ぬんだよ、年寄り猫《オールドキャット》』
隠形《ステルス》は、大きく分けて三つの技法の組み合わせで成り立っている。
一つ、自己の存在を消す、潜——ハイド。
二つ、存在を消したまま移動する、浮——スウィング。
三つ、感覚を総動員して他者の存在を察知する、読——センス。
『死体になるんだ』
あの人にはずいぶん痛めつけられた。

『できないなら、あたしが手伝ってやるよ』

手指の骨や鎖骨、肋骨《ろっこつ》を折られて、痛い、息がちゃんとできない、その状態で、死んでみせな、と命じられたりもした。

ひどい人だった。

だいたい、何だよ、オールドキャットって。

『あんた、年老いた猫みたいに眠そうな目をしてるからさ』

バルバラ先生は体をばらばらにされて死んだ。それか、殺されてからばらばらにされたのか。右腕、左腕、右脚、左脚が、それぞれ槍《やり》で串刺しにされていた。胴体は二つか三つに切り分けられ、はらわたがこぼれていた。

足許《あしもと》にバルバラ先生の死体が転がってきた。頭だけだった。右目が閉じていた。左目は少し開いていたが、当然どこも見ていなかった。彼女の右頰は石畳に押しつけられていた。顔面全体が右側に垂れ下がっていた。傷だらけだった。血で汚れていた。

ありありと思いだせる。つらくはない。バルバラ先生は死んでしまった。彼女の亡骸《なきがら》をハルヒロは見た。その事実が事実としてそこにあるだけだ。

『オールドキャット。あんたはさ。視野が広くて、ちょっとやそっとじゃ動じない。頭の回転は並だけどね。過信しないし、どんなことでもこつこつやりつづけられる粘り強さがある』

ハルヒロは不肖の弟子だった。

バルバラ先生はハルヒロを見誤っていた。

視野は狭い。

ちょっとやそっとで動じない人間などではない。

頭の回転は並より悪い。

過信はしていない。もとより自分自身には何も期待していない。

ハルヒロは粘り強くなどない。

『あんたはやればできる子じゃない。できるまでやれる子なんだ。だから、今、あれもこれもできないのはいいことだよ。あんたはいつか、それができるようになるんだからね』

慰めはいらない。

励まされても奮い立つものがない。

バルバラ先生は死んだ。死人は誰も慰めない。励ますことなどできない。

クザクも、セトラも死んだ。

死んだはずなのに、起き上がった。

メリイの仕業だ。

違う。

あれはメリイではない。

メリイは死んだ。
生き返らせてしまった。
違う。
生き返ったのではない。
違う。
メリイではない、別のものに変えてしまった。
不死の王《ノーライフキング》。
『好き』
メリイが言った。
二人は抱きあっていた。
口づけをした。
あれもメリイではなかった？
『ハル。あなたが好き。わたしを放さないで』
放さないで。
はっきりとそう言われたのに。
あれがメリイではなかった？
本当にそうなのか？

あれはメリイの意思ではない。彼女ではないものが、彼女の体を借りて言っただけだ。
本当にそう思っているのか？
クザクはどうなった？　セトラは？
不死の王《ノーライフキング》の中に、メリイはもういないのか？　二度と、話もできないのか？
『わたしを放さないで』
ハルヒロは、もう放してしまったのか？
離れてしまった。ここにメリイはいない。実際、離ればなれだ。
放してはならないのに。
放したくなかったのに。
放してしまったのだ。
離れるべきではなかった。
逃げたりしなければよかった。
一緒にいたかった。
一人にしてはいけなかった。
何があってもそばにいなければいけなかった。
ずっとそばにいたかった。
もう遅い。手遅れだ。本当に？

本当に、決して、もう二度と、話もできないのか？
顔を見ることは？
声を聞くことは？
まだメリイはどこかにいるんじゃないか？
不死の王《ノーライフキング》の中で、メリイは泣き叫んでいるんじゃないのか？
（わたしを放さないで）
（わたしを一人にしないで）
（ハル）
（わたしを放さないで）
違う。
ハルヒロにはわかる。メリイのことだ。今はきっとこう願っている。
（いいの）
（大丈夫）
（わたしのことはいいから）
（忘れて欲しい）
（わたしはどこにもいない。最初からいなかったことにして）
（――もう、わたしに近づかないで）

だからこそ、ハルヒロはメリイを放してはいけなかったのだ。

あのメリイが、放さないで、と言った。メリイは気づいていたのだ。自分の中に途方もないものが存在している。そのことを感じていた。いつかそれに取って代わられるかもしれないという恐れをメリイは抱いていたはずだ。メリイのことだから、ずいぶん思い悩んだに違いない。ハルヒロを、仲間たちを突き放したほうがいいのではないか。いっそ姿を消したほうがいいのではないか。でも、神官がいなくなったらみんな困る。それはできない、と考えたのかもしれない。やはり心細かったのかもしれない。どうしても一人にはなりたくなかったのかもしれない。なれなかったのかもしれない。あのメリイが、放さないで、とハルヒロにすがるくらいだ。よっぽどのことだったのだ。

どうしたらいい？

何ができる？

所詮、自分ごときには何もできないんじゃないか？

メリイに呼びかけて、おれはここにいるよ、と伝えたとしても、その声が届かなかったら何の意味もない。

クザクやセトラともう一度、会ったところで、二人が以前とは別の何かに為《な》り変わっていたとしたら？

『……良かった』

不意に、ダルングガルでシホルと語りあったときのことを思いだした。

『ハルヒロくんが……リーダーで。仲間で。……友だちで』

何が良かったというのか。

そんなことはない。

『ハルヒロくんは――』

シホルの屈託のない笑顔がまざまざと浮かぶ。

『……あたしたちにとっては、最高のリーダー……なんだよ？』

できることならそうありたかった。

ハルヒロが本当に最高のリーダーだったら、こうはなっていない。

シホルはどうしているだろう。開かずの塔にいるのか。開かずの塔は丘もろとも世界腫に埋もれていた。無事なのか。いずれにせよ、シホルはどうせハルヒロのことを忘れている。大切な仲間で、友だちだった日々のことを覚えていない。

かえって良かったじゃないか。

失って深く傷ついたことも、シホルは忘れ去ったのだ。あの傷ごと消え失《う》せた。

もういいじゃないか。

いいんだ。もう、いい。

心底納得しているのであれば、こんなふうに思い返したりしない。

ハルヒロはメリイの手を放してしまったのだろう。なぜ放したりしたのか。どうして放すことができたのか。

間違いだった。ハルヒロは大きな過ちを犯した。やり直すことはできない。過去には戻れない。埋め合わせることも不可能だろう。

情けないよ。

みっともない。

潔さの欠片《かけら》もないよな。

せめて態度を明確にしろよ。

前に進むなら進め。止まるならじっとしていろ。逃げたいなら尻尾を巻いて逃げだせばいい。

どうしたいんだ？

何もできないから、何もしたくない？

そのわりにはぐずぐずしているじゃないか。

誰かに背中を押して欲しい？

支えてくれる人だっているだろう？

何から何まで、手取り足取り教えて欲しいのか？

さあ、こうしろ、ああしろと、指示してもらいたいのか？

『あんたはやればできる子じゃない――』

バルバラ先生は実によく見ていたのだ。

やればできる、なんて思ったことがあっただろうか。

『できるまでやれる子なんだ』

しょうがなかった。

たいていのことはできないのだから、できるまでやるしかない。

いつだって暗中模索だ。

イツクシマが風早荒野《かざはやこうや》の残酷なまでに美しい星空を仰いで呟《つぶや》いた。

『俺は、生きてるぞ』

彼はハルヒロよりずっと長く生きてきた。熟練の狩人《かりゅうど》として、大勢と出会い、別れてきたはずだ。そんな男の実感が、自分は生きている、ただそれだけだとは。

生きている。

今も、生きている。

生きている。

ただ、生きている。

生きて、生きて、生きている。

「……おれも、生きてるよ」

申し訳なく感じてしまう。

マナト。

モグゾー。

バルバラ先生。

もう二度と会えない、たくさんの人たち。

「おれはまだ、生きてる」

ハルヒロは天望楼《てんぼうろう》前の広場へと向かった。このあたりはとりわけ世界腫が多い。通りの真ん中を太い世界腫の川が堂々と流れていることもあれば、端のほうを何本かの細い世界腫の管が這《は》っていることもある。管状の世界腫が通りを横切っていることもある。どの通りでもほぼもれなく世界腫を見かける。

世界腫は広場へと移動しているのか。それとも、逆だろうか。広場からオルタナのあちこちへ黒々とした触手を伸ばしているのか。

兵士の屍《しかばね》が目につく。ある兵士は道でうつ伏せになっている。別の兵士は道脇で体を丸めている。彼らは腐敗している。戦闘で負ったような外傷は確認できない。何人かの兵士は息絶えたまま今なお世界腫に押し潰されていた。世界腫にのまれて窒息したのか。圧死したのだろうか。

ハルヒロは建物の屋根に上った。屋根伝いに広場を目指した。広場が見えてきた。

広場に面している二階建ての屋上で、ハルヒロはひとまず煉瓦《れんが》積みの煙突に身を隠した。呼吸が少し乱れている。脈拍が平常に戻るまで待つと、息も整っていた。

ハルヒロは煙突の陰から出た。

上体を倒して、低い姿勢で進む。

タイル屋根の縁で止まった。

世界腫が充満している、というほどではない。広場の三分の一、いや、四分の一ほどを真っ黒い世界腫が占めている。黒い洪水が起こって、やっと落ちついてきた。ようやく黒い水が引きはじめている。そんな状態のようにも見える。

広場の中央付近で、世界腫が漆黒のとぐろを巻いていた。

ここから百メートル以上離れているし、世界腫に気をとられていたせいか、目を凝らして見るまで気づかなかった。

そのとぐろの上に、何かある。

いる、と言うべきか。

何だろう。

白っぽいものだ。

もしかして、あれは人間なのではないか。

だとしたら死体だろう。人間の死体かもしれない。

漆黒のとぐろの上に、人間の死体が立っているのか。寝そべってはいないようだ。膝をついているのかもしれない。

白い。

服だろうか。

あの死体は白っぽい服を着ているのか。それとも、何も着ていないのだろうか。裸の死体なのか。

どうやら服は着用していないようだが、手に何か持っている。

鈍く光るものを。

右手にも、左手にも。

武器のたぐいだろうか。

剣か。

それから、盾？

風が強くなってきた。

西の彼方《かなた》に落ちてゆきそうな太陽を遮る雲はないが、だいぶ曇ってきている。

冷たく湿った風だ。夜には一雨来るかもしれない。

鐘が低く、重く、微《かす》かに鳴った。

ハルヒロは東町の手前あたりにある鐘塔に視線を向けた。

かつてオルタナでは、時刻を報《しら》せるために午前六時から午後六時まで、二時間ごとに鐘が鳴らされていた。何者かが時鐘を打ったのか。違うだろう。何かが鐘にぶつかったのか。風で鐘が揺さぶられたのか。

ハルヒロは漆黒のとぐろに目を戻した。

死体。

あれは人間の死体だと思っていた。鈍く光る剣と盾のようなものを持った、全裸の死体なのではないかと。

奇妙だとは感じていた。正直なところ、とてつもなく奇妙で、半信半疑だった。オルタナに生きた人間はいなかったのだ。避難したのか、逃げおおせていればいいが、エライザさえ盗賊ギルドにいなかった。遠征軍の兵士たちは皆、死んで腐っていた。

あれは死体なのか。

百数十メートル離れている。色やだいたいの輪郭くらいしか摑《つか》めない。細部はわからないが、たぶん男性だろう。うつむいているようだ。こちらに背を向けている。

人間の、男。

生きてはいまい。

死体が剣と盾を持っている。

何かおかしい。

世界腫が、漆黒のとぐろが、動いている。

いつからだろう。

さっきは静止していた。不活性の状態だった。それとも、遠くて微細な変化がわからなかっただけか。とにかく今は、うねうねと身をよじっている。世界腫は、あの死体、人間の、死んでいるとおぼしき裸形の男を、いったいどうしようとしているのか。よくわからないが、男の死体がだんだんと世界腫に取りこまれてゆく。

そもそも、あの死体はなぜ漆黒のとぐろの上にたたずんでいたのだろう。あれが人間の死体なのであれば、自らの意思で世界腫が形づくる漆黒のとぐろによじ登ったとは考えづらい。というか、ありえない。

一人の男が死んだ。その男は裸で剣と盾を持っていた。たまたま何かの拍子に男の死体が世界腫の上に移動した。そんなことが起こりうるだろうか。

それがただの死体なのであれば。

違ったら？

世界腫が男の体表に貼りついてゆく。

世界腫は男を覆い尽くそうとしている。

男は裸形だった。

今や闇夜のごとき世界腫を身に纏《まと》っている。

どうしてか世界腫は、男が手に持つ剣や盾を覆おうとはしない。

あの剣と盾は夕陽《ゆうひ》を照り返しているのか。日は高くない。沈もうとしている。燃えつきそうな赤みを帯びた日射《ひざ》しは男に届いていない。男の剣や盾が太陽光を反射するわけがないのだ。

つまり、男の剣と盾が、それ自体が、強烈なものではないにせよ、光を放っている。

闇夜を纏った男はうなだれていた。

今の今までは。

闇夜纏いが顔を上げた。

死んでいなかった、ということなのか。死体ではなかった。あの男は生きていたのか。

それとも、世界腫のせいか。男の体表を完全に覆っている闇夜のごとき世界腫が動いている。そうして男が、闇夜纏いが自律的に動いているかのように見せかけているのか。

闇夜纏いがせり上がってゆく。

その足下でとぐろを巻く世界腫が闇夜纏いを持ち上げている。

世界腫が変容してゆく。

闇夜纏いを支えて上昇させながら、世界腫は何らかの形をとろうとしている。

世界腫はもはや単なる闇夜纏いの足場ではない。闇夜纏いを乗せている。闇夜纏いはその上に立っているのではない。それにまたがっている。

世界腫は、黒々とした四つ足の獣、たとえば馬のような形態をとっていた。

黒馬のような世界腫に、闇夜纏いが騎乗している。

ハルヒロはあとずさりした。

何だ。

あれは何だ。

何なんだ、あれは？

動悸《どうき》がすごい。ハルヒロは狼狽《ろうばい》していた。そうだ。動揺している。あれは変だ。今まで見てきた世界腫とは違う。明らかに違っている。あれは何なんだ。

中に人がいる。

光る剣と盾。

あれは何だ？

単なる剣ではない。ただの盾ではない。特別な剣だ。特殊な盾だろう。

たとえば、遺物《レリック》のような。

遺物《レリック》。そうか。あの剣と盾は遺物《レリック》なのか。

闇夜纏いがこちらを向いた。闇夜纏いを乗せている黒馬が馬首を巡らせたのだ。いや、馬などではない。首がない。頭部にあたる部分がない。脚の数は少ないが、蜘蛛《くも》のようでもある。

そのときハルヒロは、中腰よりやや低い姿勢で身じろぎもしていなかった。隠形《ステルス》を維持できているのか。自信がない。しかし、百メートル以上離れている。すぐに見つかることはないだろう。だいたい、見えるのか？　闇夜纏いに視覚はあるのだろうか。人間のような五感が備わっているのか。闇夜纏いの中の人は生きているのだろうか。やはり死んでいるのか。

ハルヒロは動転していた。冷静にならないといけない。わかっていてもできない。それが冷静ではないということだ。

闇夜纏いはこちらを向いたきり、微動だにしない。

遺物《レリック》。

そういえば、シノハラは遺物《レリック》の剣と盾を携えていた。

逃げよう。

なぜハルヒロはそう思いたったのか。判然としない。考えるより先に体が動いたのかもしれない。ハルヒロは振り返った。身をひるがえして逃げだすための予備動作だった。

「……っ——」

そこに闇夜纏いがいるなんて、まったく予想していなかった。同じ建物の屋根の上だ。というか、煙突だ。煙突の上に闇夜纏いが立っている。広場の闇夜纏いとは違う。きらびやかな金色の胴鎧《どうよろい》をつけ、冠を被《かぶ》り、杖《つえ》のようなものを持っている。別の闇夜纏いだ。

ハルヒロは走った。闇夜纏いは煙突から飛び降りはしなかった。飛んだ。浮いたのだ。闇夜纏いは音もなく浮き上がった。ハルヒロはその不自然な運動を目でとらえていた。わけがわからない。本当に何なんだと思いながらも、傾いたタイル屋根の上を走りつづけた。ハルヒロは隣の建物の屋根に跳び移らなかった。屋根と屋根の間に飛びこんだ。ようは落ちた。落下して隣の建物の外壁を蹴った。すぐさま体を反転させ、こちら側の建物の外壁のへこみに指をかける。手首に激痛が走った。痛くて放してしまったのではない。自発的に放して路地に着地した。振り仰ぐと、屋根と屋根の間の空に闇夜纏いの姿はなかった。ハルヒロは人一人がようやく通れる程度の路地を駆け抜けて通りに出た。闇夜纏いはその通りの上空にいた。そこでハルヒロが現れるのを待ち構えていたかのようだった。

闇夜纏いが杖の先をハルヒロに向けた。あれはただの杖ではない。あの胴鎧も、冠も。やっとハルヒロものみこめてきた。遺物《レリック》だ。闇夜纏いは遺物《レリック》を持っている。言わば、遺物《レリック》使いの世界腫人間なのだ。

ハルヒロは駆けた。闇夜纏いの杖が稲妻のような光を放った。避《よ》けようなんて考えなかった。あの杖もきっと遺物《レリック》だろう。でも、どんな遺物《レリック》なのか。何も知らないのだ。避けられるかどうかなんてわかるわけがない。

とりあえず別の路地に飛びこむことはできたので、どうやら光は当たらなかったらしい。息せき切ってその路地を走り抜けると、また上空にあの闇夜纏いが浮いていた。

「ぉわっ……」

ハルヒロは路地に引き返した。杖だ。杖の光が襲いかかってくる。光がカッと閃《ひらめ》いて建物の外壁がザンッと削られた。石材が焼け焦げたようでもある。まともに食らったらまずい。ひとたまりもない。向かって右側の建物に小窓があった。板戸を引っ剝《ぺ》がして無理やり小窓から建物の中に入ると、炊事場のような部屋だった。ここに隠れていたい。心底そう思ったが、どこかで物音がした。闇夜纏いがこの建物に入ってきたのかもしれない。炊事場を出ると廊下だった。階段がある。ハルヒロは階段を駆け上がり、二階の部屋に入った。窓から隣の平屋の屋根が見えた。窓から平屋の屋根に跳び渡る。さらに別の建物の屋根へと跳び移って、走りながらあちこちに視線を向けた。闇夜纏いは？　どこだ。どこにいる？　闇蜘蛛に乗った闇夜纏いは？　まだ広場か？　ハルヒロを追っているのか。捜しているのか。杖持ちの闇夜纏いは？　わからない。見た範囲ではどこにもいない。見えないだけだ。いる。たぶん迫ってきている。

ハルヒロはいつの間にか南区に入っていた。闇夜纏いは見あたらない。通りに下りると、道端で世界腫がのたうっていた。跳ね回るようにして身悶《みもだ》えている。ハルヒロは足を止めはしなかった。そんな余裕はない。行く手に人影のようなものが見えた。人影。黒い。人影？　黒い、人型の？　何だ、あれは？　ハルヒロは曲がり角を右に折れた。直進したらあの黒い人型のものに向かってゆくことになる。それは良くない気がする。

曲がった先でも世界腫が暴れていた。何本もの管状の世界腫が激しくばたばたと身をくねらせている。その道の幅は二メートルもない。管状の世界腫は鞭《むち》のように地面や建物を叩《たた》いている。そのたびに太くなったり細くなったりする。すり抜けるのは無理だ。ハルヒロは管状の世界腫が二、三十センチくらいの低い位置に来たところを見計らって跳び越えようとした。左足が引っかかった。

「──くっ……!」

その瞬間、世界腫が、ハルヒロの左足とぶつかった箇所が破裂した。いいや、違う。破裂したのではない。急激に膨張して、そこから黒い人型のものが飛びだした。世界腫から生まれた。世界腫人間だ。ハルヒロはつんのめりそうになっていた。世界腫人間が躍りかかってくる。人間。人のような形はしているが、頭がない。ハルヒロはとっさに世界腫人間を蹴りのけて、走る。管状の世界腫はいよいよ猛威を振るっている。世界腫人間が追いかけてくる。後ろのほうでぼこんぼこんと嫌な音がする。ハルヒロは振り返らなかった。管状の世界腫を避けて進むので手一杯だ。なんとか広めの通りに出ると、左手に義勇兵団事務所が見えた。かつて掲げられていた白地に赤い三日月の旗はない。オルタナ辺境軍義勇兵団レッドムーン、と大書された看板は残っている。ハルヒロは義勇兵団事務所のほうへ駆けた。そこらじゅうで管状の世界腫がのたうち回っている。一瞬、振り向くと、いる。世界腫人間が。一体じゃない。増えた。たくさんいる。ハルヒロを追ってくる。

頭上で何かが光って、ハルヒロは横っ跳びした。闇夜纏いの杖だ。ガガッと地面が燃え焦げた。転がって起きようとするハルヒロの視界がぐるぐる回転した。世界腫人間だけではなかった。追いかけてくる中に、やつもいた。光る剣と盾を持って闇蜘蛛《やみぐも》にまたがっている闇夜纏いが。ついでに、夕空に浮かぶ杖持ち闇夜纏いの姿も見た。闇夜纏いは杖をこちらに向けていた。またあの閃光《せんこう》が放たれる。ハルヒロは義勇兵団事務所の前を行きすぎようとしていた。

義勇兵団事務所とその隣の建物の間から誰かが顔を出した。誰か。人か。今度こそ正真正銘、人間だ。髪が長い。襟巻きで顔の下半分を隠している。彼女は声を発しなかった。ただ手招きした。闇夜纏いの杖が例の光を放ったのと、おそらく同時くらいだった。ハルヒロは義勇兵団事務所と隣の建物の間に入りこんだ。狭い。体を傾けないと通り抜けられない。彼女は先に進んでいる。いきなり消えた。彼女がいなくなった。

「えぇっ……!?」

世界腫人間たちもその隙間にどんどん押し入ってきている。ハルヒロはパニクりそうになりながらも彼女が姿を消したあたりまで前進した。穴だ。建物の外壁に穴があいている。いや、一応、出入口なのか。小さい。しゃがんでも入れるかどうか。逡巡《しゆんじゆん》している場合じゃない。ハルヒロは這《は》いつくばってその小さな出入口をどうにか通り抜けた。ほぼ真っ暗で、黴臭《かびくさ》い。義勇兵団事務所の中らしいが、この部屋は知らない。入ったことがない。

「来て、こっち」

彼女の声がした。立ち上がって声の方向に進むと、壁にぶつかってしまった。左腕を摑《つか》まれて引っぱられた。ハルヒロは逆らわなかった。彼女は扉を開けたようだ。その先も暗かった。部屋か通路を少し行って、また扉を開けた。彼女はハルヒロの腕を放した。何かやっている。どうやら重い物を持ち上げようとしているようだ。ハルヒロが手伝うまでもなく、彼女はそれを引き上げた。目が慣れてきた。地下か。床に縦穴がある。それに蓋がしてあった。彼女はその蓋を引き開けたのだ。

「先に下りて」

彼女に命じられる前に、ハルヒロはその縦穴に滑りこんでいた。鉄の梯子《はしご》が設置されている。明かりはまったくない。梯子を何段か下りただけで何も見えなくなった。かまわずハルヒロは下りつづけた。上で蓋が閉まる音がした。彼女は？　大丈夫だ。彼女も下りてくる。下りられるだけ梯子を下りると、そこは湿っていて、何とも言えない臭気が充満していた。梯子にしがみついていたら、下りてくる彼女の邪魔になってしまう。そう思ってハルヒロは梯子から離れたが、それ以上、動く気にはなれなかった。やがて彼女が下りてきた。彼女はまたハルヒロの左腕を摑んだ。右腕も摑まれた。見えないが、ハルヒロと彼女は向かいあっている。彼女は襟巻きで鼻と口を覆っているので、息遣いもほとんど感じとれない。ぬくもりだけだ。暗闇を通して彼女の体温がわずかに伝わってくる。

「無事?」

「はい。なんとか」

ハルヒロはため息をついた。盗賊ギルドにいなかった。退避したのかもしれない。そう思っていた。ひょっとしたら、もっと悪いことが彼女の身に起こったのかもしれない。

「……エライザさんも。無事で、よかったです」

彼女は黙ってうなずいたようだった。生きていた。生きていてくれた。彼女は盗賊ギルドの先輩で、なぜか素顔を見せようとしない助言者《メンター》だ。親しい間柄ではない。正直、よく知らない。それでも、今となってはとても貴重な知り合いの一人だ。

ハルヒロの左肩のあたりに何かが当たった。しばらくしてから、それが彼女の額だということに気づいた。ハルヒロの両腕を摑む彼女の手が微《かす》かに震えている。ハルヒロはうなずいた。言葉は見つからない。うなずくことしかできなかった。

あとがき

この小説を書くにあたって、年表のようなものを作ってきました。手許《てもと》の年表には、何年何月何日に誰がどこで何をする、といった具合におおよそすべての出来事が記載されています。その中で主人公のハルヒロに関わる事々を主に書いてきましたが、終盤に差しかかってあちこちで同時多発的に色々なことが起こっています。あくまでハルヒロとその周辺に絞って描くという方法も検討しました。しかし、どれだけ頭をひねってても物語が終わったあとに多くの謎が残ってしまいそうなので、本巻は別の書き方を採用しました。とはいえ、終わりに向けてなるべくハルヒロたちのことを中心に書いてゆきたいと思っています。僕としては終わらせる気満々なのですが、終わりそうでなかなか終わってくれません。まだちょっと手が掛かりそうな気配です。

それでは、担当編集者の原田さんと白井《しらい》鋭利《えいり》さん、KOMEWORKSのデザイナーさん、その他、本書の制作、販売に関わった方々、そして今、本書を手にとってくださっている皆様に心からの感謝と胸一杯の愛をこめて、今日のところは筆をおきます。またお会いできたら嬉《うれ》しいです。

十文字《じゅうもんじ》 青《あお》

作品のご感想、
ファンレターをお待ちしています

あて先

〒141-0031
東京都品川区西五反田 8-1-5 五反田光和ビル4階
オーバーラップ文庫編集部
「十文字 青」先生係／「白井鋭利」先生係

灰と幻想のグリムガル level.19
この世のすべてを抱きしめて痛い

発　行　2022年6月25日　初版第一刷発行

著　者　十文字 青
発行者　永田勝治
発行所　株式会社オーバーラップ
〒141-0031　東京都品川区西五反田 8-1-5
校正・DTP　株式会社鷗来堂
印刷・製本　大日本印刷株式会社

Printed in Japan ISBN 978-4-8240-0187-0 C0193

オーバーラップ　カスタマーサポート
電話：03-6219-0850 ／受付時間 10:00～18:00（土日祝日をのぞく）